赵墨 著

倾城憾事

红楼群芳情鉴实录

一恨海棠无香,二恨鲥鱼多刺,三恨红楼梦未完
——张爱玲(中国现代作家)

当代世界出版社

图书在版编目(CIP)数据

倾城憾事:红楼群芳情鉴实录/赵墨著.-- 北京:当代世界出版社,
2012.6
 ISBN 978-7-5090-0796-9

Ⅰ.①倾… Ⅱ.①赵… Ⅲ.①《红楼梦》人物-人物研究 Ⅳ.①I207.411

中国版本图书馆CIP数据核字(2012)第078067号

书　　名:	倾城憾事:红楼群芳情鉴实录
出版发行:	当代世界出版社
地　　址:	北京市复兴路4号(100860)
网　　址:	http://www.worldpress.com.cn
编务电话:	(010)83908456
发行电话:	(010)83908410(传真)
	(010)83908408
	(010)83908409
经　　销:	全国新华书店
印　　刷:	北京九天志诚印刷有限公司
开　　本:	880毫米*1230毫米　1/32
印　　张:	7
字　　数:	160千字
版　　次:	2012年8月第1版
印　　次:	2012年8月第1次
书　　号:	ISBN 978-7-5090-0796-9
定　　价:	28.00元

如发现印装质量问题,请与承印厂联系调换。
版权所有,翻印必究;未经许可,不得转载!

推荐序

怎一个情字了得

一

赵墨是一个有思想的女孩子，有思想的女孩子就有特点和性格。

我与赵墨算是有缘，应该说，她是我不甚熟悉的同事的孩子，也曾经是我的学生。大约是99年的时候，她考入了我所在的大学和所在的院系。那时小赵墨见到我显得很亲切，总是"老师、叔叔"地叫着。在我的印象中她是一个很活泼、很上进、很有想法的孩子。有一次，她对我说，离家近读书没有什么意思，也不愿学习新闻专业，好像对管得很严格的家庭也有点意见似的，很想飞出去。记不得那时我是怎么"教导"她的，但我记得好像在"劝说"未果的时候，我有点生气地说，"那你就飞吧，看你飞得有多高，我期待。"真的，她就在我的视线里消失了。后来听说她考入了另一所大学。几年后，在我工作的校园里，我再次见到赵墨的时候，她依然显得很亲切，"林老师，你不认识我了吗？"她见我诧异的眼神，就自我介绍说："我是赵墨啊，我在这儿读历史学的研究生了。"我问她为什么喜欢读历史学，她说她喜欢。"喜欢"二字从她口里说出来是那样的轻

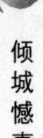

松,那样的自信和灿烂。

其实,我喜欢她说"喜欢"二字。在今天,功利与世俗交织的现实环境中,曾经的历史热、文学热、哲学热、美学热等已经好景不再,大众文化对当下青少年体无完肤的侵染和极具功利色彩的人生观念的熏陶,很多孩子都喜欢什么好就业的技术型热门专业,使历史等专业在大学里逐渐沦为边缘和小学科了,甚至历史系的行政管理归属都成为了问题,因此,能有这样的年轻人说喜欢历史,那真是历史学的大幸之事。

这样,你能不说赵墨是一个有思想有性格的女孩子吗?

与赵墨有过的一次交流是某年9月的校园,校园景致别样,绿树、流水、小桥、飞鸟。赵墨挎着一架相机,像一位技术娴熟的摄影者一样在校园里捕捉风景。正好我遇到,问她做什么,她顽皮地说,在捕捉"诗意"。这句话让我想起了王小波曾经说过的"一个人只有此生此世是不够的,他还应该拥有一个诗意的世界"。在当下的青年当中,还能有一个诗意的想法,这就意味着她心中是有常人未知的诗意的世界,或许,这诗意的世界是可以用最简单的词汇,如天真、单纯、浪漫等来形容,也许在今天常俗的理念中会认为这是一种新的"无知",但我觉得这恰恰是当下人需要珍惜和保留的一种极其可贵的品质,这是一种无上光荣、没有真情人无法达到的高贵品质。

赵墨的博客短文里其实也道出了一个有思想的女孩子的困惑与想法的:

"我固步自封已经太久太久,以至于到现在我的双眼还仅仅停留在镜中自己的影像上。"

"随着岁数的逐渐大起来,装乖巧,装简单已经再也不能够让人对我的言行上的失误与不当有太多的包容心了。"

"我以为通的东西,因为不能用通俗易懂的方式告诉给别人,反而变得无比

推荐序

不通。"

"当我们失去了英雄史诗与宏大叙事,我们得到的是没有感情的时间简史与苍白颂扬。"

"当我们失去了马蹄带香与檐下燕舞,我们得到的是冰冷昂贵的钢铁机器与水泥高墙。"

"当我们失去了犹抱琵琶与回眸一笑,我们得到的是越来越短的暴露衣裙与浮华轻狂。"

"当我们失去了笔墨文章与书生意气,我们得到的是长夜漫漫的魔兽世界与诛仙之杖。"

"当我们失去了霓裳羽衣与丝竹之乐,我们得到的是生硬模仿的摇滚朋克与盲目崇洋。"

品读来自一个女孩子这样的诗句的时候,你不觉得这个时代是一个诗意欠缺的时代吗?你不觉得这是一个有思想的人越来越少的时代吗?这让我想起了一句有点意蕴的话"每天高唱国歌的人太多,而真正知道歌词意思的人太少"。为还有这样有思想的人存在,还是值得庆幸这世界还有一种东西叫美好。

二

赵墨是个爱读书爱写作的女孩子。就是因为爱读书爱写作,才注定她有思想有性格。

摆在我面前的是赵墨近日撰写的一部书稿《倾城憾事》,书稿字数不算多,但对于一个刚刚毕业的硕士研究生而言,也洋洋洒洒近16万字。最重要的是写关于《红楼梦》的研究心得,要知道,敢于写《红楼梦》心得的人都是了不得的。

倾城憾事

大家都知道,进行《红楼梦》研究不仅需要红学的修养,需要文学理论的基础和长久的浩繁阅读视野,更需要时间功夫和心境耐力。对于今天的"短文快读"和"影像阅读"而言,有耐力能把《红楼梦》读下来就是很了不起的事情了。即使是大学里学习中文的学生,也把大量时间花费在英语学习和计算机考试上了,面对就业的严峻形势,谁还有耐心和毅力苦读像《红楼梦》这样的长篇巨制呢?谁都知道,孩子们不愿意读书也不都是孩子的过错。

于是,我认为,赵墨能就《红楼梦》写下自己的心得,也算是了不得的事情。

以赵墨小小年纪即对《红楼梦》情有独钟,用力甚勤。在完成硕士毕业论文之后,便又完成这部《红楼梦》心得,足见其知识结构之合理,思考问题之精巧,刻苦专研之用心。要知道,红学作为一个专业性很强、研究范畴很广泛、问题很突出的学术领域,目前的一切研究归纳起来,无外乎清人所谓的"义理、考据、辞章",突破这"三个"很难。从王国维开启红学以后,红学研究人数之多、范畴之广、著作之丰、说法不一是文学史上任何一部单一作品无法比及的。但我个人以为,红学研究曾不缺乏深邃之思想、考据之合理的观点和著述。但在当下,真正有思想、有灵性的学问,被机械的、规则的、教条的"学术"所代替,新八股文式的学术著作和论文漫天飞舞,充斥学术怪圈,好多所谓学者还扬扬自得,牛得要命,其实明者自知的。

也不是赵墨的文章有多好,但就这部书稿而言,她行文语言流畅,中心明确、观点简单,不被考据所困,不为引经据典所扰,不因真假版本所阻,更不陷于史学、美学、文艺学、社会学等角度所限,只就个人阅读谈出了点自己的看法,正如赵墨在文章中所说的:"普通人读《红楼》,自有普通人的读法。我们读到的,是一个'情'字,而这个'情'字,也恰恰为曹雪芹力写此书的初衷。一首歌唱得好:'这份情难舍难了。'"而对于《红楼梦》这部书的情,更是难舍

推荐序

难了。我们暂且放下那心存的遗珠之憾，慢慢地品读前八十回中动人心弦的情事，细细地搜索心底那最柔软细腻的回忆。"这寥寥几句，就道出了一个最为普通的道理：其一，普通人读《红楼梦》自有普通人的读法，也自然就会有普通人的想法，这是太有"大道理"的哲言。其实想想，大多数看《红楼梦》的人，谁敢说自己不是普通人呢？其二，不管《红楼梦》中蕴含着多么伟大的思想，是多么伟大的巨制，但作者曹雪芹在全书的叙述中不难逃出一个"情"字。因此，赵墨所写的也就仅仅围绕一个"情"字，她从个人所悟到的古代文人"经世致用"与"儿女情长"的关系以及两部经典名作《西厢记》、《牡丹亭》对《红楼梦》创作的影响入手，分析了世间"情"之所在，《红楼梦》"情"之所源。

文字首先是作者生命体验和个人感悟的外化，而后，也是桥梁和纽带，让读者走进作者的心灵和作品全部文字之林。赵墨带着思考和兴趣走进曹雪芹与《红楼梦》，而后她又带着自己的体验和感悟继而让我们再次走进了赵墨的品读红楼，这是一番很有意趣的体验，使我想起了一首很久以前我认为是满篇废话的歌曲里的句子："因为爱着你的爱/因为梦着你的梦/所以悲伤着你的悲伤/幸福着你的幸福/因为路过你的路/因为苦过你的苦/所以快乐着你的快乐。"当你阅读赵墨的文字的时候，会感觉到赵墨的细致和极其简单的哲思性判断，就是因为一个"情"字，无论林黛玉、薛宝钗、王熙凤、妙玉、史湘云、秦可卿等诸多《红楼梦》中主要女性人物，王夫人、赵姨娘、薛姨妈、李纨等一些次要女性人物，还是鸳鸯、紫鹃、司棋、香菱、金钏、小红、龄官等众色小人物都心中有"情"，又皆为"情"困，真可谓"怎一个情字了得"。

当然，我也认为，读《红楼梦》要尊重原著，要客观对待，按照某种理论或原理到作品中去寻找材料各取所需为我所用的做法未必是好。但我又窃以为，只要真正阅读了，有自己的真实感悟就是为好。正如有人说："一切都像生活一样

丰富，一切都像生活一样生动，一切都像生活一样自然。"因此，只要是发自内心的真挚自然的感悟就是好的。

我们尽可以以一种宽松的心态来阅读《红楼梦》这部伟大的作品，真不必要急于追求所谓的"深刻"。这也许是我比较喜欢赵墨的解读《红楼梦》的最为关键的原因。

——渤海大学教授　林喦

自 序

　　张爱玲曾说过她人生中的三大憾事："一恨海棠无香，二恨鲥鱼多刺，三恨红楼梦未完。"这半部残书，留给后人的，遗憾大于惊喜，悲伤大过欢乐。而恰恰也正是这部残书，让二百多年来爱着它、恋着它的人们如醉如狂。张爱玲之恨，又何尝不是因爱而起，更不消说那些甘坐于青灯冷斋中守着这部书研究的专家学者、才子佳人们，又有几人不因此书而心生慨叹，情有独钟！

　　"开辟鸿蒙，谁为情种……"短短的八个字中，最重要的这个"情"字，自古以来便是那些文人墨客们竞相咏颂的永恒主题。"情"，是那心底渐生青涩的悸动；"情"，是那低眉信手续写的诗篇；"情"，是那颦笑之间的轻叹低语；"情"，是那花谢花飞的人见犹怜……

　　就算再铁石心肠的人，又有谁没有真正的动过情，真正的爱过、恨过？这情可幻化成草木金石，可附着于兽鸟鱼虫，甚至那无形的风，如丝的雨，都能成为抒情之代言。更不用提那以寄情于外物的文人骚客们，移情于景之功底竟然也成了他们行文的惯用文风。纵有多少男人代笔，亦难拿捏那一丝泪痕的初衷或是一抹浅笑的由来。

　　自古女子读书已经是件不易的事：柴油米面，锅炉灶台，留给自己品评赏读书籍的时间便在这每天例行的流程中所剩无几。而更不消说当今社会压力给女人带来的负担不比男人轻松几分，每个人都在为着一些身不由己的事情忙碌奔波着，消磨去了闻啼鸟而动心，见落花而伤情的细处，倒常常有了如男子般的粗放

与豁达。

　　那么,这本书本来就是为了那几个或柔弱或坚强的女人申张正义的女性宣言。用女人的心灵去触摸与体会大观园中女儿们的片片思索与点点泪滴;用女人的感觉去玩味与品鉴曹公笔下群芳们的生死离别与儿女情长。那时的人,那时的事,那时的景,那时的情,更是女儿们最真实并细腻的情绪表达。

　　暂时抛却繁冗复杂的逻辑分析,我们设身处地地想想她们的境地。那个封建没落时节,一个大家族内部上演的石头记……

目　　录

第一章　红楼女儿情

那些女子的才情 …………………………………………… 2

深闺绣楼的春怨秋悲 …………………………………… 6

第二章　情归何处

以泪还情——林黛玉 …………………………………… 12

青女素娥俱耐冷——薛宝钗 …………………………… 30

纵然兼美亦有缺——秦可卿 …………………………… 47

欲洁何曾洁——妙玉 ··· 55

道是无情却有情——王熙凤 ·· 65

春之殇——元春、迎春、探春、惜春 ···························· 82

只恐夜深花睡去——史湘云 ·· 93

揉碎桃花红满地——尤三姐 ·· 101

花气袭人知昼暖——袭人 ··· 109

苦命应怜自纯情——香菱 ··· 118

那两个"绯闻女孩"——晴雯与金钏 ···························· 126

生生死死皆因情——司棋 ··· 134

我是"灰姑娘"——小红与龄官 ································· 144

隐形的翅膀——鸳鸯、紫鹃 ·· 158

"绝望的主妇"——王夫人、赵姨娘、薛姨妈、李纨 ······· 170

摩登老太极乐人——贾母、刘姥姥 ······························ 186

目 录

第三章 《红楼梦》爱情五论

一、外表与内在 …………………………………………… 198

二、爱情与生活 …………………………………………… 201

三、专一与多情 …………………………………………… 203

四、飞蛾扑火 or 张弛有度 ………………………………… 206

五、"缘分"这种东西 ……………………………………… 208

第一章

红楼女儿情

倾城憾事

那些女子的才情

  我喜欢爱读书的女人。书不是胭脂，却会使女人心颜常驻。书不是棍棒，却会使女人铿锵有力。书不是羽毛，却会使女人飞翔。书不是万能的，却会使女人千变万化。

——毕淑敏《我所喜欢的女子》

  "潇洒才情，风流标格，脉脉满身倦。"这是明代大才子唐寅在看到莺莺画像后写下的词句。从中我们似乎可以看出这样一个道理：但凡读书的女子，必然是情溢满怀的。

  我们随便回想几个人们熟知的古代仕女，又有谁是不会吟诵诗句，才情共生的呢？无论是卓文君、班昭与文姬，谢道韫、上官婉儿与李清照，还是柳如是、李师师与顾太清，她们大多演绎出了我们耳熟能详的爱情传奇。

  而多数才女，却往往容易因其才而陷入伤怀悲恻的情结当中。当她们情窦初开之时，当她们海誓山盟之时，当她们失意落泪之时，当她们绝望痛苦之时，这种情结便如天生潜伏在她们体内般，时不时地冒出来刺痛着女人天性敏感而温柔的内心。

我们应该都能体会到古时女子读书的不易,从那一句"女子无才便是德"的俗语当中,我们便大抵明白了书带给古时众多女子的,并非是加官进爵的武器,而更像是缠绕于她们身心的蚕丝。

林黛玉发蒙的原因,是因为幼弟早逝,父母"见他聪明清秀,便也欲使他读书识得几个字,不过假充养子之意,聊解膝下荒凉之叹。"而贾府中四"春"的识书习文,在贾母的眼中,也不过是使她们"认得两个字,不是睁眼的瞎子罢了!"如果我们还记得《牡丹亭》中杜太守的所言,便更能体会到在父权与夫权压迫下的古代女儿们,读书习字,竟然成了长辈们的恩惠,甚至无奈之举:"看来古今贤淑,多晓诗书。他日嫁一书生,不枉了谈吐相称。"王侯门第尚且如此,更不消说那些普通人家的女子了。

古代的女儿何尝不晓得读书的不易,于是她们因多情而才貌过人,却也因才貌过人而更加多情。故而卓文君因才而结识司马相如,更因相如的才而与其私奔;易安亦因才而钟情于赵明诚,更因赵明诚的离世而失落半生。《红楼梦》中的林黛玉也没能逃离这样的宿命,她与宝玉因才情相知而暗结情愫,却也终究逃不过花落人亡的悲惨境地。自然,林黛玉是聪慧并善于反思的,从某种意义上讲,对于爱情她要比宝玉更加清醒,她深知即使她与宝玉两心相知,却也敌不过那封建礼教之下的重重阻力;更无奈的是纵然有《西厢》、《牡丹》中"有情人终成眷属"的美好愿望,却也不得不明白自身孤怜,无"父母之命,媒妁之言"的处境。于是她寄情于花冢之中,诗帕之上,无奈地在清冷湖旁,吟诵着"花魂"的惆怅。读

倾城憾事

了书的女人大多聪明而细腻，她们往往喜欢顾影自怜，因景而伤情。而她们的才情，却时常化成篇篇多彩的佳作，刻录下那些小小的或悲或喜的往事。这样的才情，有时也常变成她们悲惨命运的催化剂，成为她们红颜薄命的诱因之一。

如果说王熙凤的泼辣与精明体现着女性在男权社会中的直面抗争，李纨的贤德体现着对"从一而终"的消极认同，那么林黛玉与薛宝钗的不同性情之中所共同体现的，是才情满溢的她们在这样环境之中的明哲自保。因为她们知道自己无力"强逞英雄"，亦不能对封建社会那些为女子所设定的重重条框有任何坚强而自信的立场。黛玉的"远"与宝钗的"冷"，都体现着过度自我保护的情绪。而"咏絮之才"与"停机之德"的不同选择，是她们在自保的同时，对于感情的两种不同甚至背道而驰的态度。

我们可以暂且放下《红楼梦》中的人，追溯起她们的前辈们，卓文君怨写回文，琵琶女悔弹《霓裳》，杜丽娘病重叹月，崔莺莺长亭送别……那诗、那曲、那月、那话，无一不体现着她们对于自身命途多舛的悲叹之感。

反观社会对于才女们的态度，更多的是从男人的品赏之情之中加以回味。因为自古才子多有人恋，才女亦不缺男人追捧。那些创作于明清之际的才子佳人小说，更加体现出了这一深意。而这些小说，却往往容易陷于流俗之中，从而让读者产生审美疲劳。所以在《红楼梦》的第一回中，我们看到了作者那段堪称绝妙的批驳之词："至若佳人才子等书，则又千部共出一套，且其中终不能不涉于淫滥，以致满纸潘安、子建、西子、文君，不过作者要写出自己的那两首情诗艳赋来，故假拟出男女二人名姓，又必旁出一小人其间拨乱，亦如剧中之小丑然。

第一章 / 红楼女儿情

且环婢开口即者也之乎,非文即理。故逐一看去,悉皆自相矛盾、大不近情理之话,竟不如我半世亲睹亲闻的这几个女子,虽不敢说强似前代书中所有之人,但事迹原委,亦可以消愁破闷。"如此看来,曹雪芹对于其所描写的那些极富才情的女儿们的感情,更多的是出于如同知己般的惋惜与悲叹,这在当时的社会环境之中,倒是不可多得的。

当今社会早已经是男女平等,男女皆可入学,甚至在最高学府之中我们常常会看到"阴盛阳衰"的局面。而与古时社会相去不远的,是人们对于知识女性回归家庭的刚性需求与女性在求职当中的遭遇到的不公对待。那或隐或明的种种束缚,让女性在家庭、职场之中,愈发地发愤图强,她们用自己的实力证明女人不弱于男人。而当她们卸下重重包装,对镜自观时,却恍如隔世般与古代女子一起,悲叹着无人理解与支持的处境。

总而言之,在这多姿多彩的大观园之中,那些多情女儿的喜、悲、愁、乐,带给我们的,不仅仅是对她们命运的叹惋,而更多的是其中的女儿心事与我们当下女性某些心境的精神契合。

倾城憾事

深闺绣楼的春怨秋悲

中州盛日，闺门多暇，记得偏重三五，铺翠冠儿，捻金雪柳，簇带争济楚。如今憔悴，风鬟霜鬓，怕见夜间出去。不如向、帘儿底下，听人笑语。

——李清照《永遇乐》

那个写《纯粹理性批判》的康德先生，在他看上去固执而呆板的生活之中，也有让人们难以理解的小小情趣，而这种情趣就体现在他对于女性优美问题上的思考："女性对于一切美丽的、明媚的和装饰性的东西，都具有一种天生的强烈感情。"奇怪的是，他说这话不过仅仅是对于西方女性热衷于打扮的小小调侃，却一下子将近乎全世界的女性的本质概括得淋漓尽致。可以这样来想，但凡女儿家，天生就有对美的追求。不管时尚如何变化，社会审美如何不同，而对于美的理解，大概古今中外女性的心态都应该是如出一辙的。

在中国古代的传统社会里，女人们对于美的认识，很大程度上受到了社会风俗的禁锢。她们只能在所见到的极有限的范围之内，追求着生命中的美好。那画在宣纸上的亭台楼阁，那绣在丝绸上的花鸟鱼虫，都尽力抒发着她们内心深处对

第一章／红楼女儿情

美丽事物的欣喜与向往。少女们的行动范围，是被父母硬生生地束缚起来的，特别是那些大家闺秀们。这一个"闺"字，从古代便特指女人居住的内室了。"杨家有女初长成，养在深闺人未识。"即使是国色天香的杨贵妃，在未出嫁之前，也是被"雪藏"于闺阁之中，深居于楼台之上的，唯有那后花园中的簇簇牡丹，片片柳叶相伴。

"大门不出，二门不迈"的中国传统闺房中的寂寞与苍凉，是西方的淑女们怎么也想象不到的。可即便如此，那些中国的女儿家们，却依旧能从中寻找到属于自己的几丝快乐。秋千在古代女孩的玩物之中，可以算是做能让她们心神飘荡的了。还记得苏轼写的那首词："……墙里秋千墙外道，墙外行人，墙里佳人笑。"那一高一低的起伏之中，几眼瞥到外面道上的匆匆路人，听见儿童们的声声喧闹，自己的心思，也变成了那展翅的蝶儿，飞到墙的那一端去了。我们从《深闺春秋图》中也可以见到，春天到来之时，仕女们走出闺房，在芳草地上相伴欢嬉，杨柳舞于春风，杏花映于春水，秋千架上，仕女们的身姿如飞燕般轻盈。炎炎夏日，池边竹林飒飒地作响，应和着那习习凉风，仕女们在池亭内赏鱼观花以度休闲时光；深秋时节，那些女子们围坐在一起，赏菊，赏中秋之圆月；正月里，上元之夜，华灯溢彩，银月如盘，梅花绽放着，那些女子们又结伴游赏。她们玩得如此雅致，却又如此寂寞……

虽然现在女子的社交范围要比古时大很多，却也不一定能真正体会得到古时女子的那种恬淡而优雅的小小心情呢！

在贾府之中，真真正正属于女儿们的乐土，怕是只有大观园了。而大观园

实质只是后花园的一种别称罢了。她们的行动,依旧是被紧紧束缚着的。黛玉葬花在这里,宝钗扑蝶在这里,湘云醉卧也是在这里。在这里她们笑过,哭过,怒过,怨过……生活中的大事小情,她们全部寄托在这大观园中的一草一木、一山一水之中。如果草木有情,山水有感,亦能与其同悲同喜,可惜草木不能言,山水不能语,它们只能在那孤零而落寞的背景中暗暗地看着她们,静静地陪着她们,看着她们一点点憔悴下去,夭亡下去,却无能为力。

可能生活本身并不需要太多的轰轰烈烈,只是这后花园中的点点滴滴,就足够让我们慨叹世事变迁;可能传奇本身并不需要太多的英雄美人,只是这后花园中的悲悲戚戚,就足够让我们回味沧海桑田。几世几劫,说来轻松,经过了才知道红颜易老;黄粱一梦,做来容易,试探后才明白取舍难断。这边好戏刚开场,那边却悲起了谶语;这边浓情才显露,那边却泣起了残红。曹公有些残忍,这一章读者刚将泪儿擦干,沉浸在小儿女的嬉戏斗闹中傻乐;下章却又将笑意敛起,陷于大家族的生离死别中悲伤。纵然跌宕起伏的情节是人为设计的,可却又"残忍"地道出乐极生悲、物极必反的人生真谛。

所以春天本是万物复苏,一片生机,偏写那黛玉在片片桃花雨间哀愁着花谢花飞;冬天原为万物萧索,处处惨淡,偏写那群芳在咿咿呀呀中打趣着戏假戏真。看贾府的姑娘们作诗是极有意思的事,那宝玉的一肚子歪才,竟然也难敌这些深闺之中的女儿们。诗也好,词也罢,都是她们抒发自己才情的好机会。灵眸一转,秀口一开,便羞煞众多男儿。咏白海棠时,那黛玉的"半卷湘帘半掩门"写尽了情窦初开少女扭捏的姿态;咏柳絮时,那湘云的"且住,且住!莫放春光别去"道全了乐观豁达的少女眷恋的情思。黛玉非悲凉诗风之独主,宝琴亦有《桃花行》与其相抗衡;湘云非别裁文意之专家,宝钗亦有《临江仙》与其相媲美。其实女儿多情,每个女孩子都会或喜或悲地表达自己丰富的内心世界,又何必一提黛玉,就想起她的哭,一提宝钗,就想起她的冷呢?

大观园不是伊甸园,也不是乌托邦,它是中国传统女性真实生活世界的一个缩影,更是曹雪芹在内心所构建的一座人间"仙境"。这里虽然立于尘世,却又脱离于尘世。它本是贾府盛极而衰过程中"回光返照"的产物,却又有着封建礼教之外的几丝理想化的唯美。在这里,湘云论过阴阳,黛玉思过聚散,这些都让我们对于人生的诸多哲学命题产生更深层的思索。大观园中不仅存在着真、善、美,同样也存在着各种各样的假、恶、丑。大观园的女儿们更像生活在我们身边的朋友,和我们一起经历着人世间的生离死别。

"一年三百六十日,风刀霜剑严相逼"这句话,用在大观园之中一点也不失当,因为这大观园本身就是由复杂的事与复杂的人结合在一起形成的最现实的世界。即便是那最善良最单纯的人,在这样的环境下也会有一种不寒而栗的自危感。清高者被误解,逃避者被孤立,冷漠者被呵斥,迎合者被轻视……敢于反抗的,以死证清白;陷于泥淖的,以死求解脱。死神的枯手,无时无刻不伸向这座看似清新而富有柔情之美的大观园。

所以,大观园中的女儿们,悲从何来,怨又从何来,我们大体能够理解一些吧。最后用《离骚》中的一句极符合此类心景的话做结:

"惟草木之零落兮,恐美人之迟暮。"

第二章

情归何处

以泪还情——林黛玉

> 当爱情来临,当然也是快乐的。但是,这种快乐是要付出的,也要学习去接受失望、伤痛和离别。
>
> ——张小娴

前世今生

  国学大师钱穆在他的《湖上闲思录》中对"情"、"欲"两字做了自己的解释。他认为人生有偏向前(多寄希望于未来)和偏向后(多重记忆过去)两种类型,并认为西方人的爱,重在未来幸福上,而中国人的爱,重在过去情义上。在此观点之上,钱老先生说道:"依照中国人观念,奔向未来者是欲,恋念过去者是情,不惜牺牲过去来满足未来者是欲,宁愿牺牲未来来迁就过去者是情。……向后型的人,对已往现实表示满足……我只该感恩图报,只求尽其在我,似乎我再不该向上帝别有期求了。"自然,黛玉前世——绛珠仙子的"以泪还情"也是出于中国人这种深刻的重情观念之中的。

第二章 / 情归何处

我们可以去看林黛玉的前生：

"只因西方灵河岸上，三生石畔，有绛珠草一株，时有赤瑕宫神瑛侍者，日以甘露灌溉，这绛珠草便得久延岁月。后来既受天地精华，复得雨露滋养，遂得脱却草胎本质，得换人形，仅修成个女体，终日游于离恨天外，饥则食蜜青果为膳，渴则饮灌愁海水为汤。只因尚未酬报灌溉之德，故其五衷便郁结着一段缠绵不尽之意。恰近日神瑛侍者凡心偶炽，乘此昌明太平朝世，意欲下凡，造历幻缘已在警幻仙子案前挂了号。警幻亦曾问及，灌溉之情未偿，趁此倒可了结。"

于是这绛珠仙子在下凡之前对警幻仙子说道："他是甘露之惠，我并无此水可还。他既下世为人，我也去下世为人，但把我一生所有的眼泪还他，也偿还得过他了。"

这恰恰是本文开篇所述的"情"之所出的初衷了。"还泪"亦是"还情"，因为情有所出，也就应该有所释放，否则作为幽情，倒是很多女子心中深藏的秘密。这样的幽情若泯于众然之中，则更无后文的那段感动天地的情事了。作者也借僧人之口说道："历来几个风流人物，不过传其大概，以及诗词篇章而已。至家庭闺阁中，一饮一食，总未述记。再者，大半风月故事，不过偷香窃玉、暗约私奔而已，并不曾将儿女之真情发泄一二……"正是其不甘于幽情满怀，述之于笔墨的初衷。

我们可以想到，若宝黛之间，仅存幽情，相互暗恋，却无所表示，那泪又何时能够还尽呢？若无情而相遇，却只有男女之欲念，少了惺惺相惜的情分，又

何能为宝玉洒泪终生呢？故而这前世欠下的情，便是今生相遇、相知、相恋的直接诱因，这也成了中国传统思想中宿命论的一部分。前世今生，早有定数；前因后果，亦不可轻易消解。纵然你深知"情不知所起，一往而深"，却也不得不直面草木易折，红颜薄命的残酷现实。所以有人憎恨曹雪芹不应该将黛玉写死，却不知道就算是黛玉前世身为仙草之时，也是无法与松柏相比的，纵然黛玉苟活到老，可谁又曾真正想过她在家道败落、色衰才尽之后的落泊场景呢？曲文军在《绛珠"还泪"的文化意蕴初探》中有一句非常精准的话："绛珠'还泪'的性质是重精神而远物质，重神缘而轻俗缘，重感情契合而轻肉体结合……"所以草的"一岁一枯荣"对于黛玉来讲，却是恰到好处的前世，更是她短命的最好体现。

　　对于宝玉前世的这个"顽石"来讲，下凡也不过是"凡心偶炽"，一时兴起的小情趣罢了。可他却不知道，他的这一小小玩心，不但引得绛珠仙子下凡"还泪"，更"勾出多少风流冤家来，陪他们去了结此案"。我们可以从宝玉的择观态度上，感受到他玩世不恭的叛逆心态，这可不仅仅是青春期少年对于父权的自然反叛，更多的是遇人不淑与大环境对他性情上的污染。举目看来，贾府也好，他所接触的其他地方也罢，都存在着无比污浊的恶臭之气，他择友不分品行，只看自己喜好，自愧污浊，却往往与更污浊之人相处。其实这样的环境，对于宝玉这个聪慧的男子来讲，反而是一件好事。《小窗幽记》中有一句话，恰是这种好处的力证："淡泊之守望，须从秾艳场中试来；镇定之操，还向纷纭境上勘过。"宝玉是不是个凡夫俗子，不可简单论之，需从前世说起。那顽石入世的目的，本是想"在那富贵场中、温柔乡里受享几年"的，却早已忘记自身本为顽石一块，得失之心早在女娲补天之时生成，故而心中所想的，只是自己的自怨自叹罢了。正因为石之"顽"，前世便少了很多人性之中的欲念，使得贾宝玉亦带有不同常人的天生灵气；却也因石之"顽"，使他在树倒猢狲散的时刻，"自私"地抛弃万般牵念，洒脱地遁迹于世。

可以说，黛玉的泪，不但还了宝玉的情，更拯救了宝玉那一颗快要在混沌中慢慢堕落的心。有人这样说过，正是黛玉一次次倾盆而下的泪水，才一点点洗净了"宝玉"这块顽石的稚气和混浊。否则，宝玉的爱可能始终会呈现弥散之状，既倾心黛玉的灵巧，又仰慕宝钗的仙姿，又幻想得到所有人的眼泪，从而无法找到灵魂真正的归宿。所以曹雪芹对于"顽石"一般的宝玉，是又恨又悔的，这不仅是他对自身境遇的反思，也是对如"仙草"一般的黛玉润泽其冰冷内心的感激与伤其早逝的哀叹。

古代的山水画，不论写意或工笔，大多会在山石之旁，绘有几株兰草或是几棵翠竹，一下子就将整幅画面变得生动而充满灵气。石旁无草，便少了生机与活力；草旁无石，便少了知己与依靠。兰梅竹菊本是清雅高洁的象征，而黛玉在大观园诗社里的别称，恰恰是隐喻于斑竹的"潇湘妃子"。竹本为草本植物，却生得木质茎干。如果说她的前世"绛珠"二字意指她的滴滴血泪而言；那么竹子的中空外直，却恰能反映她"质本洁来还洁去，强于污淖陷渠沟"的清高心态。而这种如洁癖般的清高，在古时的社会环境之中，却常常会遭至悲惨的结局。故而曹雪芹又将其喻为"芙蓉"，更衬托其高雅清洁，"可远观而不可亵玩"的品

性,也折射出她必将是"风露清愁"终生的。作者更用"红颜胜人多薄命,莫怨东风当自嗟"的暗语,"残忍"地向我们道出林黛玉必定早逝的事实。

不论这棵绛珠仙草似竹也好,像荷也罢,都是作者心目之中最理想的女性化身。这种清高孤傲的性情特点,可以说是从她的前世中自生的,并无后人指引。所以林黛玉的今生必定是少友而苦于自怜的。宝玉的爱情带给她的,是她情感中的难得知己,却也间接成了她终将泪珠儿还净后花落人亡的推动力量。

人生若只如初见

我们都忘不了黛玉初见宝玉时二个人的心态与话语:"黛玉一见,便吃一大惊。心下想道:'好生奇怪!倒像在哪里见过的一般,何等眼熟到如此!'"而宝玉见到黛玉时,却也"笑道:'这个妹妹我曾见过的。'……'虽然未曾见过他,然我看着面善,心里就算是旧相识,今日只作远别重逢,未为不可。'"我们若将宝黛的初次会面定义为恋爱之中的"一见钟情",未免有失偏颇,因为此时宝玉七岁,黛玉才六岁。虽然文中的感觉似是情窦初开的朦胧之感,却依旧是儿童的简单心态。此二人因前世自带有难舍之缘,故而在初次会面时,才有似曾相识的感觉。

这种似曾相识,在我们的生活中似乎也常常出现,却亦真亦幻,不能细细探究。中国人大多相信命运,这也正是中国传统文化宿命论的体现。人活于世,能碰到什么样的人,能遇到什么样的事,皆有因果相联,而宝黛的初会,恰是其命

第二章 / 情归何处

运的必然。这种前世的纠缠辗转于现世，必定会呈现出众多幸与不幸出来。女人生于这样的社会本已是重权利归属之下的被压迫者与牺牲品，而黛玉偏偏以前生之事托生于今世，必然会更加的不幸。

于是，还泪，成了黛玉的使命；哭泣，伴随着黛玉的一生。在第三回中，宝玉怒摔其玉，本与黛玉无关，而她却因此强加罪到自己的头上："今儿才来，就惹出你家哥儿的狂病来，倘或摔坏了那玉，岂不是因我之过！"黛玉的哭泣，并不单单只为宝玉，从她初进贾府开始，就已然是"哭个不住"了。而真正的替宝玉伤心，却是由此而始。脂砚斋在此处批道："补不完的是离恨天，所馀之石岂非离恨石乎！而绛泪之泪偏不因离恨而落，为惜其石而落。可见惜其石必惜其人。其人不自惜，而知己能不千方百计为之惜乎！所以绛珠之泪至死不干，万苦不怨，所谓'求仁而得仁，又何怨'。悲夫！"其实，透过这段脂评，我们可以略悟到，黛玉之哭，源于"惜"一字。玉是死物，宝玉并不珍惜，却有黛玉代替他珍惜；因这死物而延伸到它的主人，黛玉又何尝不是对宝玉"狂病"的痛惜与自责？虽黛玉初见宝玉，却主动将两人的心拴在了一起，若没有前世的因缘，又何尝能做到如此呢？

推此事及至吾辈之人。我们常常听见女性朋友大叹心爱之人不懂得珍惜自己，却不知"爱"与"惜"是互为前提的，因为有前世的缘分，两人相识相知，因相识相知又能互生爱慕。这相知，是两人之间的相互珍惜，而非单独一方所应该尽到的本分，而另一方却不知其所惜从何来，这才是爱情最大的遗憾。

我们还记得第二回冷子兴所述的宝玉的"名句"吗？"女儿是水作的骨肉，

男人是泥作的骨肉。我见了女儿，我便清爽；见了男子，便觉浊臭逼人。"这几句话，恰恰为宝玉的"惜"做了恰当的阐释。可以这样看，如果说宝玉对于女儿的惜是出于本性上的"怜惜"，是儒家所讲的"大爱"；那么他对于黛玉，则是儿女之间的"小情"，这种情，不仅仅是出于对女儿家的怜惜，而是如知己般的"惺惺相惜"之感。如此可见，宝玉初见黛玉，是惜其为娇弱女儿；而黛玉初见宝玉，是惜其不应该因她而摔玉。二者之惜，虽然出发点不同，却殊途同归一处，皆为"惜"一字罢了。却恰因此"惜"字，引出更深的一段故事，必然是两人情由所出，恨由所起的根由之一。

若论及"知己"二字，在黛玉初见宝玉之时，也是不可随意定论的。这知己，是耳鬓厮磨、嬉笑怒骂之后的反思沉淀；是揣摩试探，互诉衷肠后的坚定立场。故古人谨慎交友，相知的朋友则更是少之又少。"人生得一知己足矣"，这是宝黛二人共有的立场，所以黛玉不理会"风刀霜剑"，更不会圆滑处世，她在乎的只有宝玉一人；而宝玉不在乎"金玉良缘"，只心系"木石前盟"，只钟情于黛玉一人。宝黛二人只有在争吵、误会、解释、抱怨……如此多的不"和谐"之事中，方能得到冰释前嫌的超脱与淡然。

八十年代的文学评论，将贾宝玉和林黛玉定义为"封建阶级的叛逆者"。并认为因同为叛逆之人而成为知己，进而产生爱情。如果说"叛逆"二字在宝玉的身上有明确的体现的话，那在黛玉的"叛逆"，则要变得更加隐晦细腻一些。还记得第二回中身为林黛玉之师的贾雨村对冷子兴所说的那一段话吧："怪道这女学生读书至凡书中有'敏'字，他皆念作'密'字，每每如是；写字时，遇着

第二章 / 情归何处

'敏'字，又减一二笔，我心中就有些疑惑。今听你说，是为此无疑矣。"《弟子规》中有言"称尊长，勿呼名"，作为女儿，黛玉自然不能直言自己母亲的名讳，可固执到读音写字的地方，也可看出黛玉的性情之中的一种怪癖，并非全由思母避讳而来，乃是她天生的不同于常人之处了。可偏偏在常人来看，这种特性，就是有一种离经叛道之感。

黛玉的骨子里带有的，不仅仅是一种叛逆，更是一种自洁。这种洁，不但指肉体上的洁，她其实更重视的是心灵上的洁。可是这一点若做得过于究于细处，在他人看来，便是不够合群的索然独处。第五回中曹雪芹选用八字描写林黛玉的此种性情："孤高自许，目无下尘。"所幸还有宝玉能理解她，宝玉更看重的，恰恰是女儿家这种自身带来的洁质。"女孩儿未出嫁，是颗无价的宝珠；出了嫁，不知怎么就变出许多不好的毛病来，虽是颗珠子，却没有光彩宝色，是颗死珠了；再老了，更变得不是珠子，竟是鱼眼睛了。分明一个人，怎么变出三样来？"而黛玉的"质本洁来还洁去，强于污淖陷渠沟"的清高质气，自然让宝玉无比欣赏。而对于崇尚女儿之洁的宝玉来讲，黛玉的不流于世俗，使宝玉产生的是一种与其精神上的共鸣，而不是单纯的对于黛玉本人肉体的占有欲望。

可是，宝玉对于黛玉的情，却较之黛玉对于宝玉的情，少了几分痴。脂砚斋早就批文："写黛玉又胜宝玉十倍痴情。"这种痴，在第三回初见宝玉之时也可以见得，在第二十三回花冢哭诉中见得，在第二十九回与宝玉大吵的时候见得，更在第三十二回黛玉无意偷听宝玉之语中见得。这痴情，自古以来，便是女子行事的大宗旨，只是黛玉的痴是没有几个女子能比的，她也可以说是情痴之

极至了!

  清末有一个二知道人,在他的《红楼梦说梦》之中,曾经写到"荷锄葬花,开千古未有之奇,因属雅人深致,亦深情者有托而然也。"也就是说,他觉得黛玉葬花一事,是古今未有的奇异举动,是有才情的文人悲花叹月的伤感情结的深沉反映,更是一个深情的女人寄情于落花的表现。而宝玉的痴,却是众人能容忍的,因为不论古今,社会对于男人言行的容忍程度,要比女人大得多。而黛玉身为女儿,如此重洁而孤傲,不愿"随分从时",惹来的不仅仅是贾府长辈们对她的不够重视,甚至连下人都感觉宝钗要比黛玉豁达得多,"便是那些小丫头子们,亦多喜与宝钗去顽笑"。那么黛玉的这种痴性,又有几人能够真正理解呢?以黛玉"人以为喜之时,他反以为悲"的性情,与其说给那些不理解的人,倒不如埋于心中,不去向人倾诉为好。

  所以我们看到那些文静的女人,其内心的细腻,必是难于向他人诉尽的。那么,文静如一潭碧水的女子,在其性情之中,应该多多少少存些痴处的。她们往往心有所属,纵然不知何事会搅得内心春波荡漾,在其表面,却也很少见其大喜或大悲的表情。而活泼外向的女子,若真的深沉下来,竟然也能在偶然间寻得此种神情,便如藏在心底的柔美,突然之间冒出头儿来。虽然此举常常让人诧异其与平时的大不相同,但也能肯定的是,女儿家必然是女儿家,这种细腻性情系天生并无法掩饰得毫无痕迹可寻的。所以我们见花开,自然欣喜并联想到自己正值青春活力无限;我们见花落,自然会感叹岁月无情容颜易老。于是,纵然看了很多爱情小说,却依旧沉迷于风月之中不可自拔;纵然看了大半言情泡沫剧,依旧会为剧中爱情的启承转合或喜或悲。

黛玉的气量

提及黛玉的"气量",我们应该将重点放在黛玉对待感情的度量上。

众评家皆云黛玉或有"小家气",此词意指举止拘谨,心态狭隘,不够自然、大方。这样的结论大多是从第七回周瑞家的来给黛玉送宫花的情节中得出来的:

"黛玉只就宝玉手中看了一看,便问道:'还是单送我一个人的,还是别的姑娘都有?'周瑞家的道:'各位都有了,这两支是姑娘的了。'黛玉再看了一看,冷笑道:'我就知道,别人不挑剩下的,也不给我。替我道谢罢。'"

从黛玉的最后一句话,看起来的确是有失大家闺秀的气量,可是如果结合黛玉的身世与处境,这也恰恰反衬了黛玉苦于自己寄人篱下的悲哀之感。丧母离家本非她的本意,身在异乡,即使有外祖母疼着,贾宝玉陪着,也无法消解她内心思乡的离愁。更何况此时黛玉年纪尚幼,心性未定,把这句话理解为单纯的意气之语,又有何不可呢?我们可以纵容自己的孩子在七八岁时与旁人争宠,却对于孩提时代的黛玉有成人气度的要求,这实在是有失公平。

我们必须承认的是,幼时黛玉内心的这种离乡郁结,在渐通人事的少女时代越发的沉重,这也使她过早地看透人间冷暖,聚散生死,更直接深深地烙印于她的爱情观之中。黛玉与虽然同样是离乡客居,失父却家境殷实,处事豁达的宝

钗相比,她的气量的确从幼时便显出了其与众不同的气质。在曹雪芹的笔下,黛玉的才情无人可及,然而他也明显地感知到,黛玉的风流只是他的一种理想,此类女子近乎不食人间烟火,只可从仙境中寻得其魅影。而对于人间的众男子,其理想的伴侣却实为宝钗。故而曹雪芹将宝钗写得近乎完美的原因,是因为他知道在当时社会环境之下,男人真正需要的生活伴侣,不是娇弱而才情满溢的仙界灵草,而是识大体、豁达且处事正统的贤妻良母。

从体态看来,黛玉有不治之症;从言行上看,黛玉亦少有近人的性情。可以这样来看,曹雪芹是故意将其写得不完美的。这种不完美,只因黛玉哀怨之感,怨气郁结,凝于体内,黛玉身体上的病症自然无可医治;凝于心中,黛玉情感上的失意更无可化解。

女人的气量,最突出地体现在她们的爱情之中。世人皆云"女人善妒",著名作家孙犁曾说过这样一段话:"妒、嫉,都是女字旁,在造字的圣人看来,在女性身上,这种性质,是于兹为烈了。中国小说,写闺阁的嫉妒的很不少,《金瓶梅》写的最淋漓尽致,可以说是生命攸关、你死我活。"

在《红楼梦》一书之中,妒嫉心最强烈的,当属凤辣子王熙凤。而林黛玉的妒心,也是不容忽视的,因为曹雪芹没打算把黛玉写成完美的女性,所以她的妒嫉的心理自是不能不写。我们可以看见,在宝黛的爱情之中,林黛玉依旧有一颗普通少女所共生的妒嫉之心,这种嫉妒之心,甚至是不需要刻意揣摩,而是直接展现在读者的面前的。

且不说幼时冬日在薛姨妈处吃酒的伶牙俐齿,也不论那因误会而闹的误剪香

第二章 / 情归何处

囊,在第二十八回"蒋玉菡情赠茜香罗　薛宝钗羞笼红麝串"中,有一处绝妙的小细处:

"……宝玉在旁边看着雪白一段酥臂,不觉动了羡慕之心,暗暗想道:'这个膀子要长在林妹妹身上,或者还得摸一摸,偏生长在他身上。'正是恨没福得摸,忽然想起'金玉'一事来,再看看宝钗形容,只见脸若银盆,眼似水杏,唇不点而红,眉不画而翠,比黛玉另具一种妩媚风流,不觉就呆了。宝钗褪下串子来递与他,也忘了接。"

"宝钗见他怔了,自己倒不好意思的,丢下串子,回身才要走,只见黛玉蹬着门槛子,嘴里咬着手帕子笑呢。宝钗道:'你又禁不得风儿吹,怎么又站在那风口里呢?'黛玉笑道:'何曾不是在屋里呢。只因听见天上一声叫,出来瞧了一瞧,原来是个呆雁。'宝钗道:'呆雁在那里呢?我也瞧瞧。'黛玉道:'我才出来,它就"忒儿"一声飞了。'口里说着,将手里的帕子一甩,向宝玉脸上甩来。……"

宝玉不如黛玉痴情,是因为他心中惦记着太多的女儿,"但是女子,俱当珍重"(二知道人评语)而这不仅仅体现在他对于女儿家的同情与赞美,更体现在他那些小小的私心。他希望自己若果有造化,该死时的,趁身边众女子都在,希望她们哭他的眼泪流成大河,把他的尸首漂起来,送到那鸦雀不到的幽僻之处,随风化了……宝玉希望得到的眼泪,不仅仅黛玉一人的;而黛玉所流的眼泪,却仅仅为宝玉一人,这恰是虽同为有情之人的最大不同之处。一个是"兼爱",一个是"独钟"。故而在宝玉见到宝钗半段玉臂发呆之时,黛玉的小小妒

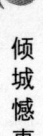

忌之心，亦无从释然，故而嘲讽宝玉为"呆雁"一只，以小渲醋意。

我们时常从那些与爱情有关的小说戏剧之中，看到爱情之中女子的妒忌：这种妒忌，可令生者死，亦或令死者生。嫉妒能让纯情少女变成恶毒妇人，能让清秀女子变成狰狞厉鬼。机关算尽者，嫉妒之余必能做出些违法乱纪或违背道义的恶劣之举；柔弱善良者，也可能因为嫉妒而远离男主人公从此销声匿迹或是退居"好妹妹"的二线位置。黛玉不是凤辣子，所以她做不出大闹宁国府的撒泼言行；她自然也不是邢夫人，懦弱到为自己的丈夫为虎作伥强逼鸳鸯作妾。林黛玉有着自己的想法，一方面她在诗、词、花、曲中抒展着自己的嫉妒情怀，另外一方面却在将宝玉视为知己的同时，早已经洞悉到了自身在追求爱情道路上的不易。而这种不易，最主要的就来自于既无"父母之命"，又无"媒妁之言"的无奈。宝玉大声说道："林妹妹不说这样混帐话，若说这话，我也和他生分了"，而黛玉暗中听了这话之后，不觉又喜又惊，又悲又叹。她所悲的是，"父母早逝，虽有铭心刻骨之言，无人为我主张。况近日每觉神思恍惚，病已渐成，医者更云气弱血亏，恐致劳怯之症。你我虽为知己，但恐自不能久待；你纵为我知己，奈我薄命何"。

从这些语句中，我们可以看出，林黛玉其实是极其希望有人替她做主的，纵然贾母有话在先："不是冤家不聚头"，可贾母实却经常意思多变，在黛玉那细腻的心中，却为无信之人。正如《红楼梦抉隐》中，洪秋蕃如此评价贾母："既许黛玉，复迁异於宝琴。既改宝钗，复游移於傅试之妹，婚可赖，盟可背，人而无信，莫此为甚！"也就是说，在洪秋蕃看来，贾母屡次三番改变宝玉娶何人为

第二章 / 情归何处

娶一事,轻易变更自己的主意,做为一家之大家长,这样草率地做决定,实在是一个毫无信用的人;而王夫人,偏又倾向于自己的外甥女宝钗,大观园里凡类似黛玉相貌神情者,最终的下场无一不是被王夫人撵走。故而林黛玉清醒地知道,自己的婚事,已经是无人可以做主的,而且自己的身体状况也不见好转,怕终成为不治之症,她似乎早已经知晓自己不能久活于世,那么与其刻意争取,不如"质洁依旧",不陷沟渠的好。

  曹雪芹用了大量的笔墨来描写林黛玉的小小气量,我们都知道,黛玉最喜欢说的一句口头禅,就是"比不得宝姑娘,有什么金什么玉的,我们不过是个草木之人!"当宝玉因为一支《寄生草》,夸奖宝钗博学多才时,林妹妹的醋意马上就泛滥了,她冷笑讥讽:"安静看戏罢,还没唱'山门'呢,你倒'妆疯'了!"又因为来了一个带麒麟的史湘云,林黛玉的"醋瓶子"马上嘟嘟哝哝的"开了盖":"我说呢,亏在那里绊住,不然早就飞了来了。""你又来作什么?横竖如今有人和你顽,比我又会念,又会作,又会写,又会说笑,又怕你生气,拉了你去,你又作什么来?死活凭我去罢了!"其实她的嫉妒,只是一种对于爱情的唯一性的执着;她不愿意和别人来分享她的爱人。她要的只是她与宝玉的"两心相映"。

  黛玉这小小的气量,也是她明哲保身的自甘其远。这又恰恰贴合了黛玉之名——"远山为黛"。这种心态上的远,是不容他人介入的一厢情愿,是飞蛾扑火一般的默默坚持。她没有像崔莺莺在长亭送别之时"你休忧文齐福不齐,我则怕你停妻再娶妻"的勇敢表示,她更偏向于杜丽娘般幽情自闭,病从中生的自怨

自艾。作为饱读诗书的才女,林黛玉不可能不知道这种状况将会落得何种下场,可是她仍然义无反顾地直面着宝玉的多情,毫不自保地流干眼睛中的最后一滴泪水,正如那蚕儿努力吐尽最后一缕丝线一般。我们虽然无从知晓曹雪芹八十回之后的故事的本意,却一定能够想到,在宝钗成亲之时,那不断为着一个顽石落泪的女子,在清冷的潇湘馆之中,默默地看着微弱的烛火,吞噬着自己的精力,直至油枯灯尽。

所以莫怨女人在此时会有些矫情,因为那些小小的醋意,恰恰能反映出对所爱之人那种最复杂的迷离心态。这种心态,纵然据经解梦、以理析文,也难究其深意的。女人的痴情,在那些小小的醋意散发之时,最可见一斑了。

凄凄花解语

"女人如花,花似梦",自唐玄宗戏言杨贵妃为其身边"解语花"之后,女人与花便有着剪不断的联系。那眼角噙着的,是花的露滴;那嘴含着的,是花的沁芳;那裙摆荡着的,是花的舒展;那步遗留的,是花的印痕。

黛玉如花,楚楚动人;花如黛玉,不胜风寒。花衬黛玉,使其多几分醉人的迷离,黛玉映花,使其多了几缕脱俗的仙气。前世为花也好,今生如花也罢,黛玉的心中所自赏的是花,黛玉心中所自叹的,也是花。她与花是一体的,花有花期,佳人亦有佳期。佳期如梦,"甚西风吹梦无踪"。

还记得《花为媒》中张五可所唱的吗?"爱花的人,惜花护花把花养;恨花的人，厌花骂花把花伤。"黛玉是极爱花的，她可以说是《红楼梦》中，最惜花、护花的了。

"落红不是无情物，化作春泥更护花。"那被风吹落的，被雨打下的残瓣，在曹公的笔下，也变得如此娇媚，让人不忍践踏。所以当我们看到第二十三回，宝黛二人在纷纷飘下的桃花雨中共赏《西厢》时，我们心中升起的，竟然不是那"绿肥红瘦"的叹惋，而是那郎情妹意的羡慕了。

"那一日，正当三月中浣，早饭后，宝玉携了一套《会真记》，走到沁芳闸桥边，桃花底下，一块石上坐着，展开《会真记》，从头细玩。正看到'落红成阵'，只见一阵风过，把树上桃花吹下一大半来，落的满身满书满地皆是。宝玉要抖将下来，恐怕脚步践踏了，只得兜了那花瓣，来至池边，抖在池内。那花瓣浮在水面，飘飘荡荡，竟流出沁芳闸去了。"

这风吹的真是时候，"落红成阵"，形容得恰到好处，偏偏又是桃花。我们都知道，桃花是阳春三月开得最早的花儿。当寒冰化水，那桃树的枝头，早已经"憋"出了那一粒粒小却精的花苞；当南雁北归，那一树的鲜粉，俨然醉倒了那一个个痴与迷的男女。

"回来只见地下还有许多，宝玉正踟蹰间，只听背后有人说道：'你在这里作什么？'宝玉一回头，却是林黛玉来了，肩上担着花锄，锄上挂着花囊，手内拿着花帚。"

"人面桃花相映红"，有春色满园，有桃花袭人，只缺少佳人相伴了，偏那黛玉，又来得"恰到好处"！若是其他人出现，反倒是煞了这满园风景，误了这阳

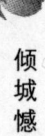

春三月。那沁芳闸边见证的，是怎样一幕让人回味无穷的风光啊！

"宝玉笑道：'好，好，把这个花扫起来，撂在那水里。我才撂了好些在那里呢。'"

"林黛玉道：'撂在水里不好。你看这里的水干净，只一流出去，有人家的地方，脏的臭的混倒，仍旧把花糟蹋了。那畸角上，我有一个花冢。如今把他扫了，装在这绢袋里，拿土埋上，日久不过随土化了，岂不干净？'"

若不是黛玉，哪有如此爱花之痴情，连花的残瓣都舍不得被污了；若不是宝玉，哪又有如此护花之多情，竟然也陪着黛玉一同把花葬了。

我们其实对这一幕印象最深的，依旧来自于87版的电视剧《红楼梦》。片片桃花间，宝、黛共赏《西厢》，那若蹙的眉尖，那会心的浅笑，宝玉看醉了，看痴了，却又忍不住开起了玩笑："我就是个'多愁多病身'，你就是那'倾国倾城貌'。"谁知此话一出口，竟然惹得黛玉"不觉带腮连耳通红，登时直竖起两道似蹙非蹙的眉，瞪着两只似睁非睁的眼，微腮带怒，薄面含嗔"，只喊要告诉舅舅、舅母去。这哪里是任性胡闹啊，这分明是将自己和宝玉的关系，直接定位在了莺莺与张生的角色上了嘛！

这可如何是好！脸红的，是宝玉不慎看到了自己的芳心暗涌；面嗔的，是宝玉不觉说出了自己的春思幽长。至于之后黛玉树下暗听《牡丹亭》，细嚼"如花美眷，似水流年"，回忆诗中"水流花谢两无情"与"流水落花春去也，天上人间"，再想起刚才见的"花落水流红，闲愁万种"，便更生出一段幽幽的女儿伤春之情，又洒下几滴苦苦的女儿痛心之泪了。

第二章 / 情归何处

是应该再说说那《葬花吟》了。这首"千红一哭"、"万艳同悲"的绝妙好辞,却真正用诗情花意表达出了黛玉的一段心中郁结,让人每读一句,心紧一下。凄凄花解语,竟然让人不知如何形容那"花谢花飞"、"风刀霜剑",更不消言黛玉之"怜春恼春"、"花魂鸟魂"了。因误解而生恨,莫道女儿多疑,只怪公子太多情;因感伤而生悲,莫笑女儿多娇,只怪世事太难明。猜不透旁人,却看得清自己。

"质本洁来还洁去,强于污淖陷渠沟",黛玉尚洁,只因自感命之不久;黛玉言死,只因自觉情之难定。一首词不足四百字,"消"、"断"、"愁"、"去"、"空"、"倾"、"悲"、"魂"、"死"、"丧"……一纸的沉闷与离愁,满眼的低落与哀伤。更难怪日后与湘云联诗时,黛玉竟然语出惊人地说出"冷月葬诗魂"五字。湘云的乐观性格怎知黛玉的愫愁,所以说道:"诗固新奇,只是太颓丧了些。你现病着,不该作此过于清奇诡谲之语。"湘云虽同为失去父母之薄命女子,可较之黛玉却终究胜于其身健体魄,哪里想得到那"未卜侬身何日丧"的担忧与无奈啊。

黛玉果然是适合作潇湘妃子的,"心不同兮媒劳,恩不甚兮轻绝。"屈原在《楚辞·九歌·湘君》的悲唱,又何尝不是黛玉的心结;那斑竹身上的点点哭痕,又何尝不是黛玉的哀伤?不如归去?泪未尽,情未尝。于是,在那"几竿竹子隐着一道曲栏"的潇湘馆中,多了一株仙草相伴。那竹间时时轻啜的悲戚之音,那栏前常常静立的清瘦之影,便成就了黛玉涅槃之前最后的思念。

倾城憾事

青女素娥俱耐冷——薛宝钗

消沉，慈净——那一天一闪冷焰，一叶无声的坠地，仅证明了智慧寂寞，孤零的终会死在风前！

——林徽因

精打细磨的饰品

在了解薛宝钗这个女子之前，我们有必要先了解一下她的出身与家世。因为这一点对于她性情的养成与为人处事的方法有着极其重要的联系。

是否还记得那护官符中的最后一条："丰年好大雪，珍珠如土金如铁"呢？别忘了曹雪芹在此句后面的注释："紫薇舍人薛公之后，现领内府帑银行商，共八房分。"何谓紫薇舍人呢？紫薇舍人就是中书舍人。在唐代所设置的三省六部之中，中书省是主管行政大权的。到了明代，政府设置内阁，由皇帝直接主掌六部，这中书省就变成了过去的一个名词。不过在明清两代的内阁中书科中，也设有中书舍人一衔。中书舍人在唐宋时地位很高，位居五品以上，可到了明清时职权已大为下降，仅事缮写文书的工作，位从七品。那么，薛家按贵族品质，不算是优良，可为什么还能挤进这护官符的四大家族之中呢？我们还需要了解"皇商"这一个名词：清代凡宫廷、政府所需物资的置备购办，统统由户部筹理。隶名户部为皇家宫廷采办各种物资的经商者便叫作"皇商"。皇商盛行于明清时期，尤其是清朝。清初战乱频繁，朝廷的粮饷供应不足，就会借助商人的财力，来扩充实力，既然得到了商人们的支持，那么就需要给他们一定程度的好处。于是身为皇商的薛家，便这样强势起来了。

那么这点和薛宝钗的出场又有什么关系呢？其实按书中所述，那薛家本也应该是个书香继世之家。家中如有严父慈母，那薛蟠也不至于"性情奢侈，言语傲慢"。只可惜薛父早死，教育一双儿女的责任，就自然落到了薛姨妈的肩上。那薛姨妈与王夫人是一母所生，也是名门王家之后。那王家本来就是不重视女子家教的官宦人家，这一点从这两个女人的哥哥王子腾所任的京营节度使这一官职便可略知。虽然这是说曹雪芹虚拟的官职，可也是有点历史依据的，我们暂且取一个妇孺皆知的节度使——安禄山为例吧。那安禄山是名悍将，节度使亦非文官。故可见王家并非重视笔墨功夫，王家的子弟也不是依靠文章来谋取功名的。那么对于家中女子的教育问题，更是只求女红不求才情了。所以王夫人的面慈心狠，凤姐的阴险泼辣，薛姨妈的教子无方，都跟王家的家教有着很深的关联。当然，我们不能说薛宝钗的无情、圆滑与王家其他女人一般，是王家人血液中流淌着的恶劣基因。我们必须要注意到的，是薛姨妈在守寡之后对宝钗的教育问题与宝钗失父之后的自我认知。

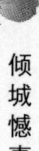

倾城憾事

其实在书中很多地方，我们都能发现，薛、林两家在教育女儿的态度之上，是存在很大不同的。这些不同的教育也正是造成宝钗与黛玉两个人性情各异的最重要原因之一。黛玉是丧母，而宝钗是丧父。都说"女儿是妈妈贴心的小棉袄"，而对于林黛玉母亲贾敏性情的猜测，贾雨村有一句话，说得极为准确："度其母必不凡，方得其女。"又有王夫人在与凤姐商量抄检大观园时，提到过的那一句："单说你林妹妹的母亲，未出嫁时，是何等的娇生惯养，何等的金尊玉贵，那时像个千金小姐的体统。"由此看来，林黛玉性情的养成，很大一部分是因为其母贾敏之故。又因黛玉之父在贾敏死后对于黛玉的教养，实在是无力顾及，原来只为假充养子之意，聊解膝下荒凉之叹，并非刻意教习女范。故而黛玉在家中纵然有老师教习，却因旧疾复发不得上学，估计那女性应恪守的"本分"，黛玉幼时却不曾深受其害。如此一来，反倒是纵容了林黛玉骨子中的那种性情肆意挥洒。

家中无严父，所养之子更是顽劣异常，那薛姨妈对于宝钗的教育，必然较之黛玉之教育，又多了几分功利的目的。第四十二回宝钗在"审"黛玉时，说了如下一段话：

"你当我是谁，我也是个淘气的，从小七八岁上也够个人缠的。我们家也算是个读书人家，祖父手里也极爱藏书。先时人口多，姊妹弟兄也在一处，都怕看正经书。弟兄们也有喜诗的，也有爱词的，诸如这些《西厢》、《琵琶》以及《元人百种》，无所不有。他们是偷背着我们看，我们却也偷背着他们看。后来大人知道了，打的打，骂的骂，烧的烧，才丢开了。"

第二章 / 情归何处

养女儿的功利性,无非是希望自己的女儿嫁一个门当户对的富贵人家。而对于薛氏家族来讲,一个优秀的待嫁女人是必须遵从封建礼教所制订的一切规范的,简单来讲,即是"三从四德"。元代因为是异族统治,汉家礼数要稍微轻一些,但一进入明清,程朱理学针对女性所设置的条条框框便如同那三寸金莲之外的层层裹脚布,紧紧地束缚与压迫着女性的精神世界,直到女人们自己去认同这样条款,主动把自己脚上或心中的那条裹脚布缠得更紧。因为只有这样,女人才能符合男人的审美要求,只有这样,女人才能在那个封建社会中立足。这就是当时的现实,这就是当时女人的无奈。

宝钗对此情况,又有着怎样的认知与行为呢?这依旧是曹雪芹在书中所述的重要背景:

"还有一女,比薛蟠小两岁,乳名宝钗,生得肌骨莹润,举止娴雅。当日有他父亲在日,酷爱此女,令其读书识字,较之乃兄竟高过十倍。自父亲死后,见哥哥不能体贴母怀,他便不以书字为事,只留心针黹家计等事,好为母亲分忧解劳。"

当宝钗失父时,要知道那时她的年纪不过十二三岁,先有严父慈母之明训,又是世府的千金,自己又天性从礼合节,真真是乖巧懂事的好女儿。这让我们不禁想起了经典电影《泰坦尼克号》中的露丝小姐,同样是父亲早亡,同样是出身贵族,唯一不同的却是露丝骨子里的叛逆与对自由的渴望。她不甘心被母亲当成维持体面的牺牲品,追求着自己的个性与独立。所以当她看到一个小姑娘被母亲训斥着应该如何举手投足之后,她内心之中的反叛之火终于喷发了。可我们的宝

钗却不一样，她有一个老大无成的哥哥，正因为家中唯一能依靠的男人不经世事，母亲又已经中年，所以宝钗明白自己虽为弱妹，却怎能不心中忧虑，不想着替母分忧呢？

在薛姨妈眼中，宝钗是最能理解她的。宝钗过早地懂事，过早地放下笔墨，这倒为薛姨妈的教女工作省下了不少的心思。于是薛姨妈欣慰地看到，宝钗是可以给她更大希望的精神寄托。所以宝钗一行之所以进京，便充满着无比明确的目的性：

"近因今上崇诗尚礼，征采才能，降不世出之隆恩，除聘选妃嫔外，凡世宦名家之女，皆报名达部，以备选择为公主郡主入学陪侍，充为才人赞善之职。"

皇命难违，宝钗得以进京，想必也是想要体现一下薛家教养的价值，否则就不会这样兴师动众来到京城。更何况这宝钗本身就很想体现自己的识大体，能够进宫当女官，那岂不是功成名就的最好出路？宝钗经他人之手与自己之手，将自己打造成一款精美无比的首饰，时时处于一种待价而沽的状态，不能不说这是受到主流社会的主流思想所引导的。"姊妹弟兄皆列土，可怜光彩生门户。遂令天下父母心，不重生男重生女。"那与薛家有着亲戚关系的贾府大小姐元春，早已经成为了宝钗心中最具品牌效力的模仿对象，无怪乎在《临江仙·柳絮词》中，宝钗如此写道：

"韶华休笑本无根，好风频借力，送我上青云！"

这股"风"是靠贾、王、薛三家共生刮起来的，能把宝钗送到多高处呢？怕是宝钗自己也很难想得到吧？可惜纵然宝钗刻意想破古人之旧思，发一己之新解，也终难逃离柳絮无根，行踪难测的宿命。大抵正因宝钗的刻意迎合，更让她离薄命的幽谷中进了一步。

白雪公主

　　还记得兴儿是怎样说薛宝钗的吗？"还有一位姨太太的女儿，姓薛，叫什么宝钗，竟是雪堆出来的。"一个"雪"字，道出了宝钗从里到外的世界。宝钗的性情之中，时时透露着的，是一个"冷"字。那种冷，不是黛玉般的凄冷，而是"发乎情，止乎礼"的"清冷"，只有举止娴雅，品行端正的女子，才能给外人以"冷"的感觉。如果这样说还无法体味，那么且举一个男子的例子吧："或为辽东帽，情操厉冰雪。"这个男子，一样用"雪"来形容。他就是三国时代的高士管宁。用"雪"来形容高士，本来就是历代文人的习惯。曹雪芹以雪来形容宝钗，依旧是他对于"冰清玉洁"之人最高的肯定。

　　书中对于宝钗的着墨，虽然较黛玉少了几分，却依旧能显现出她尚洁的精神世界。在描写宝钗的闺房时，曹雪芹做了如下细致的刻画：

　　"贾母因见岸上的清厦旷朗，便问：'这是你薛姑娘的屋子不是？'众人道：'是。'贾母忙命拢岸，顺着云步石梯上去，一同进了蘅芜苑，只觉异香扑鼻，那些奇草仙藤愈冷愈苍翠，都结了实，似珊瑚豆子一般，累垂可爱。及进了房屋，雪洞一般，一色玩器全无，案上只有一个土定瓶，瓶中供着数枝菊花，并两部书、茶奁、茶杯而已。床上只吊着青纱帐幔，衾褥也十分朴素。"

　　这样的屋子，估计现在百分之九十的女孩子都是不爱住的，她的屋子就像

金庸小说中小龙女住的古墓一般清冷，毫无生机，更不要提女孩子般的温馨与秀气了。

曹雪芹对于宝钗这个角色的塑造，应该是爱大于恨的。纵然他借宝玉之口骂道："好好的一个清净洁白女儿，也学的钓名沽誉，入了国贼禄鬼之流。"可我们依旧能在字里行间中找到他对这个素性淡雅的女儿的无比怜爱。宝钗是尚洁的，否则妙玉也不会拉着宝钗、黛玉二人喝"体己茶"。她含蓄、内敛、张弛有分寸，举止又大方得体，如西方的十九世纪的淑女一般，温文尔雅。

那么她的处世圆滑又该如何理解呢？先引一段黛玉初进荣府时的心理描写吧：

"且说黛玉自那日弃舟登岸时，便有荣国府打发了轿子并拉行李的车辆久候了。这林黛玉常听得母亲说过，他外祖母家与别家不同。他近日所见的这几个三等的仆妇，吃穿用度已是不凡了，何况今至其家。因此步步留心，时时在意，不肯轻易多说一句话，多行一步路，生恐被人耻笑了他去。"

黛玉身为贾母的外孙女，尚且注意言行举止的分寸问题，更何况一向以封建礼数为行为准则的宝钗呢？在贾府这样复杂的环境下，宝钗不如黛玉，因为黛玉毕竟是贾母的外孙女，撒娇也好，使小性子也罢，都是可以容忍的；宝钗也不如妙玉，因为妙玉终归为槛外的比丘尼，怪诞也好，不合时宜也罢，都是可以无视的。那么宝钗呢？她只是客居京城，她不是被收养的孤女，也不是被供奉的僧尼。

宝钗还非常清楚一点，她代表的不仅仅是薛家的家教，更代表的是王家的体统。她的表姐王熙凤在贾府不良的人际关系，已经给了她很好的前车之鉴，更何况贾府一直以来以最高的客居礼节待她和母亲，岂有在此之上任意使性，胡作非

第二章／情归何处

为之理？

我们还记得一句话吧？"故木秀于林，风必摧之；堆出于岸，流必湍之；行高于人，众必非之。前鉴不远，覆车继轨。"黛玉过"秀"于众女儿之外，必然受摧，这是众人可见的；妙玉过"出"于众俗人之上，必然受湍，这是世人皆知的；凤姐过"行"狂于众媳妇之中，必然受非，这也是旁人清楚的。对于宝钗而言，她在贾府的生存之道，既要避免被"摧之"，被"湍之"，也要避免被"非之"，所以她在贾府这个派系复杂、矛盾重重的大家族中，不得不圆滑多虑一些，不得不世故善变一点。她一方面抱取"事不关己不开口，一问摇头三不知"的处世哲学；另一方面，她又善于处理人际关系，和各方面的人保持着一种亲切自然、合宜得体的关系。若亲若远，若近若离，让人感觉不偏不倚，堂堂正正。贾母夸她"稳重和平"；从不称赞别人的赵姨娘也说她"展洋大方"，就连小丫头们，也多和她亲近。

在贾府，我们已经记不得黛玉哭了多少次，可描写宝钗的哭，却只有两次。大概是因为宝钗待人平和，处事得体，不容易得罪人，更将委屈求全当成毕生实践的人生真谛，故而不将自己的小小情绪过多地放大与渲染，自然也少了很多自怨自怜的情绪。她真的如一根金钗一般，通体展露的是那股子贵气，可也透着金属的寒意。她是极其能自控的人，她控制的，不仅是她的言行举止，更是她那少女的天性与柔情。可就算她再控制得恰到好处，也会玩心偶起，失了端庄，露了本真。宝钗真的如薛姨妈所说，"不爱这些花儿、粉儿的"吗？她对那大自然中的勃勃生机，就一点感觉都没有吗？当然不是！你看那宝钗扑蝶时的经典描写吧：

"忽见面前一双玉色蝴蝶,大如团扇,一上一下的迎风翩跹,十分有趣。宝钗意欲扑了来顽耍,遂向袖中取出扇子来,向草地下来扑。只见那一双蝴蝶忽起忽落,来来往往,穿花度柳,将欲过河。倒引得宝钗蹑手蹑脚的,一直跟到池中的滴翠亭。香汗淋漓,娇喘细细,也无心扑了……"

这真如宝钗自己"招"的"你当我是谁?我也是个淘气的"供词了。她的面冷心冷,只是她给别人的印象,也是她强迫给自己制定的要求。她的本性却依旧是热爱自然的,对于生命中美好的事物,更有着女儿般的细腻与敏感。无怪乎后人有诗赞颂她的扑蝶之美态:

"沁芳桥畔好春光,莺自和鸣燕自双。高下蝶随飞絮舞,婷婷人爱绕花忙。苔痕狼藉弓鞋湿,扇影轻盈宝串香。细语喃喃留少步,树阴浓翠欲沾裳。"

至于后面因偷听小红与坠儿的谈话,故意装作与黛玉捉迷藏,引得两个丫头对黛玉心存芥蒂,应该是属于避免尴尬的无心之语。当时情况紧急,偷听早已经超出了大家闺秀所应做的得体范畴,若被他人发现,更加难堪。故而无奈牵出黛玉,也实属无心之过。更何况若黛玉平时无"爱刻薄人"的酸性,那些丫头们岂会对黛玉有防范之理?

言而总之,"纵是无情也动人",宝钗的冷是大环境逼迫之下最妥当的生存之道;宝钗的圆滑也是她在客居异乡之时最精明的处世哲学。就像她吃的那副"冷香丸"的药一样,宝钗的冷中散发着一种别样的异香,让人们忍不住去探寻着这个"白雪公主"真正的内心世界。

"非一般"三角关系

现在我们来简单看一看宝、黛、钗三者之间的感情纠缠。曹雪芹在此处下笔太过柔软，在前八十回中对三个人之间的感情处理上，并没有描写直接的正面冲突，而更多的是你明我暗的互相猜疑。人们在看时，不得不按照自己的理解进行推测演绎，这也实属曹公的精明之处。

宝玉初见宝钗之时，有一处非常值得玩味的细节，就是宝玉请宝钗摘下她脖子上的项圈时的那一小段文字：

"宝玉看了，也念了两遍，又念自己的两遍，因笑问：'姐姐，这八个字倒真与我的是一对。'莺儿笑道：'是个癞头和尚送的，他说必须錾在金器上，……'宝钗不待说完，便嗔她不去倒茶，一面又问宝玉从哪里来。"

想来奇怪，为什么宝钗要打断莺儿的话呢？在第二十八回中，我们终于得到了一个答案：

"宝钗……到了王夫人那里，坐了一回，然后到了贾母这边，只见宝玉在这里呢。宝钗因往日母亲对王夫人等曾提过'金锁是个和尚给的，等日后有玉的方可结为婚姻'等语，所以总远着宝玉。"

原来宝钗打断莺儿的话，是出于这个原因。那么，如果单纯把薛姨妈对王夫人说的话，仅仅看成是亲姐妹之间的闲聊，倒也无可厚非。可薛姨妈明明知道自己的外甥就是有玉的，还要对王夫人等人说这等话，摆明就是要告诉全贾府的人，只有你们家的宝玉跟我们家的金钗相结合，才是天造地设的好姻缘。

那宝钗自己对于这个绯闻，又有何态度呢？在引文中，我们看到了一个"远"字。宝钗想远离绯闻，难道她真的远离得了吗？贾府里，已然出现了"三人成虎"的形势，王夫人对宝钗的明显偏爱；元春在所赐之物中的明显表达。宝钗自己又将如何安放那颗已然朦动的少女芳心？准确来讲，宝钗是很懂得控制自己的情感的，并且宝钗是知道宝玉的心系着谁的，在第二十八回中，我们可以明确这一点：

"幸亏宝玉被一个黛玉缠绵住了，心心念念只记挂着黛玉，并不理论这事。"

这"幸亏"二字，倒有些"事不关己高高挂起"的感觉了。更有在第四十二回中宝钗与黛玉二人所说的贴心话，让黛玉完全的放了心。可是偏偏有这样一个细节，让我们又起了疑心：

"这里，宝钗只刚做了两三个花瓣，忽见宝玉在梦中喊骂说：'和尚、道士的话如何信得？什么是金玉姻缘，我偏说是木石姻缘！'薛宝钗听了这话，不觉怔了。"

好一个"怔"字！我们知道，"怔"字有惊惧，慌恐不安之意。若真无私情在心，听到宝玉的梦话，又何来惊惧，又何来慌恐？宝钗人前怕人言，故而与宝玉有意疏远；可在人后听到心仪之人说出了此话，无疑是给她的暗恋生生地泼了一盆冷水！她已然动情，否则不会在将贵妃所赐的红麝串递与宝玉看时流露出那不好意思的忸态，更不会在宝玉睡后独自一人忘情地坐在宝玉的身边，这会子她倒是忘记了避嫌，忘记了体统。袭人为宝玉做肚兜，是出于丫头的本分，也是出于袭人认为已经是宝玉的人应尽的义务。可宝钗却不是！宝钗难道真的仅仅是"只顾看着活计，便一不留心，一蹲身，刚刚的也坐在袭人方才坐的所在，因又

第二章／情归何处

见那活计实在可爱,不由的拿起针来,替他代刺"吗?我们女人,会平白无顾为一个不喜欢的人做任何活计吗?这分明是一个暗藏芳心的少女,在忘记了"体统"的抒怀啊!

可是,宝钗对于宝玉的感情,若说已然成了一种爱意,倒还早了一些,因为她很现实,她知道宝玉在很多方面与她的想法是有着很大冲突的。宝玉对于经世治国,带有很强烈的反感情绪,宝玉敢于明确地表现出来自己的喜恶,可宝钗却不会!而更重要的一点是,宝钗已经非常明确地知道宝玉的心完全追随着黛玉。她纵然得到了贾府上下的一致认可,可宝玉不喜欢,她又能如何?她也许会遵守父母之命嫁给宝玉,可对于一个十几岁的女孩子来讲,又有几个不想在爱情上得到心心相印的满足感与幸福感呢?宝钗很明确地知道,宝玉不是让她有这样感觉的男人,更不是与她在人生观上能相互支持的终生伴侣。

宝钗也很努力地试图让自己的想法或多或少地影响宝玉,她经常贬损着、嘲讽着宝玉。她讽刺宝玉是"富贵闲人"、"无事忙",不务正路。又讽刺宝玉听不懂《山门》,竟然还在众人面前批评宝玉"白听了这几年的戏"。当宝玉建议惜春画大观园图用雪浪纸时,宝钗更是冷笑,贬损宝玉是"不中用"的;更因宝玉讨好得不当,说她如杨贵妃般"体丰怯热"而大怒,说"我倒像杨妃,只是没一个好哥哥好兄弟可以作得杨国忠的!"宝钗明明知道自己所努力的结果,只能换得了宝玉的敬重甚至是反感,可她依旧旁敲侧击地尝试着。在宝玉挨打之时那一句"早听人一句话,也不至今日。别说老太太、太太心疼,就是我们看着,心里也疼"刚说了半句,宝钗自知已经失言,"自悔说的话急了,不觉的就红了

脸，低下了头来"，更自内生成一副"只管弄衣带，那一种娇羞怯怯，非可形容得出者"的模样来。

宝钗就是这样矛盾着，抉择着。在内心的真实情感和其所认同的传统礼教之中默默地承担着自己内心的痛苦。她更像一只作茧自缚的蚕儿，把自己裹得一层又一层。她心甘情愿地看着心爱的人与他心爱的人你侬我侬，自己却故作深沉般恪守着最正统的礼节。我们不是在否认宝钗的这些做法是反人性的，甚至是为虎作伥的，因为在当时的社会处境之中，真正懂得并敢于反击传统礼教，放纵自己的情感于世外的"狂放之人"是少之又少的。宝钗身为大家闺秀，更加懂得那《西厢》与《牡丹》也不过是文人的一厢情愿。而她对于感情问题的敏感，更有一种低调处理的消极情绪。她正如贾母所评一般"太老实"了，规规矩矩地做着传统女性应尽的一切事物，端端正正地在贾府和谐地处理着一切人际交往。

其实我们在《红楼梦》一书中所见到的钗与黛二人，并没有什么根本上的对立矛盾，更算不上真正意义上的情敌。宝钗纵然有宝玉挨打之后动情之"失语"，也难讲她忍心于硬生生地拆散宝、黛二人的真正原因。宝钗知道黛玉喜欢听宝玉奚落自己，这种时候黛玉的得意之色经常溢在表外，可她却依旧很淡定很客气地打哈哈说笑话。第四十二回，两姐妹终于有机会释了前嫌，宝钗说的一席话让黛玉"垂头吃茶，心下暗服，只有答应'是'的一字"；更有第四十五回，宝钗探病中黛玉，完全让黛玉对她的这个假想的情敌放了心：

"你素日待人，固然是极好的，然我最是个多心的人，只当你心里藏奸。从前日你说看杂书不好，又劝我那些好话，竟大感激你。往日竟是我错了，实在误到如今。细细算来,我母亲去世的早,又无姊妹兄弟,我长了今年十五岁,竟没一个人像你前日的话教导我。怨不得云丫头说你好,我往日见他赞你,我还不受用,昨儿我亲自经过,才知道了。比如若是你说了那个,我再不轻放过你的;你竟不介意,反劝我那些话,可知我竟自误了。若不是从前日看出来,今日这话再不对你说。……"

从此回起,宝钗与黛玉已然成了莫逆之交,那些黛玉因妒忌宝钗的"小性儿"刻薄话便从此绝迹了。宝钗堂堂正正做好人——至少是在封建礼教之下的好人,已然得到了黛玉的由衷认可。而从这一段黛玉的深情之语中,我们也看到了前文所述的由于林、薛两家的家教不同所养成的女儿的性情大不同的最基本的缘由。

宝钗在感情之中的内敛与内化,不是她自己的刻意为之,不是虚伪地表面一套,暗里一套。她如那宗教的信徒一般,我们却不能斥责她是愚昧的、无知的。宝钗只是虔诚地奉行着那些已经内化于心的道德准则,用道德的"理智"压抑着自己的真实情感,而这种方式,已经成了她的自觉的习惯。她已经无心去分析自己婚姻的前景,因为她根本没有想过自己的婚姻大事能够由自己决定;她更加无心将黛玉树立为自己的情敌,因为她深知自己与宝、黛二人走的路是完全相反的。

所以,宝、黛、钗三人的关系,应该是"非一般"的三角关系。那不是韩剧之中夺人所爱的坏女人,也不是中国戏剧之中专以丑角出现的小人,她是真实存在于我们身边的真正淑女。

倾城憾事

博学所误薄命身

薛宝钗是中国传统文化中典型的淑女,她的才情虽与黛玉不相上下,却宁愿只专女红;她姿色虽比黛玉不差毫厘,却宁愿一身素服。她像一个被溪水冲刷得浑圆剔透的卵石一般,握在手里,大小适中,形状喜人。

那么最后再说说宝钗的"无情"吧。宝钗算是一个控制力极强的少女了,她的控制不是单纯指向别人,而最大的被控制者正是她自己。"发乎情,止乎礼"的道德标准已经成了她内心中最重要的生存信条与最高的道德要求,她的人生轨迹也是按着这样一个标准一步步前进着。此"无情"并非真的没有任何感情,当她的哥哥用"金玉之说"堵宝钗的嘴时,把宝钗气哭了一夜。这样的哭,是一种自己努力表示自己的清白自洁,却被自己最亲的人所误解的委屈之哭,更是一种自己努力着封建礼教之下的好女儿,却没有得到家人回报的失落之哭。

如果说贾宝玉、林黛玉是封建礼教之下叛逆者的悲剧,那么薛宝钗,便是顺从者的悲剧。时代雕塑了她,又是时代毁灭了她。她用自己的真性情做祭品,把自己推向他人误解的口诛笔伐之中,却无力辩驳,反而更将自己推向"薄命"的轮回之中。

西方哲学家康德曾用轻松而幽默的语言这样形容女人:

"……她们很早就对自己有着一种端庄得体的作风,懂得赋予自己以一种美好的风度并且自矜;而这些对于我们这些有教养的男孩子们而言,都仍然是在不受管束、举止笨拙和不懂规矩的年纪。"

第二章 / 情归何处

宝钗的端庄与内敛，不但来自于她过早地对封建道德的一种主动的认同，大概也更由上述原因产生。那种女人的风范是天性中带来的，所以宝玉形容女儿天性似水是正确的。其实每个女孩子一开始都如水一般纯净、纯洁，她们对于世事的复杂没有太多概念，只是一心沉迷于自己的情感之中。如黛玉，似宝钗，更像妙玉，其实她们三者都是一样的，都努力追随的是内心的一种"尚洁"的情结。从来没有一个女孩子天性放荡，更没有一个女孩子天性圆滑。宝钗是失去了严父管教的女儿，所以她不得不自己代替父亲改造自己，努力地去迎合大环境对她的认同。她给自己的内心缠上了一层层的束缚，她不知道这些束缚其实是可以放松一些的，她只知道把自己的内心捆绑得紧了，自己就是别人眼中的乖女儿家，就是最有潜质的贤妻良母。

也许人们也并不希望看到一个完美的宝钗，她太优秀了，她太乖巧了，反而让人觉得这样的女人是不真实的。我们有些时候宁可看着黛玉使使小性子，发发小脾气，也不愿看宝钗把情感通通掩藏得滴水不露。可是我们也常常陷入这样的矛盾之中，在生活中，人们有时更喜欢跟宝钗这样的女孩子交朋友，而对于黛玉的喜怒无常，尖酸刻薄，却会感觉到心神俱疲，不知所从。其实不管我们是拥黛贬钗也好，拥钗贬黛也罢，都无法完全说出自己所需要结识的与相知的，到底是如黛般多些，还是如钗般多些。也许曹雪芹也不知道，到底该爱谁多一些？

宝钗就像一株开得极端富贵、极端鲜艳的牡丹，雍容尔雅，文质彬彬。可纵然是这株牡丹，却亦有这样的一段叹词："牡丹本是花中王，花中的君子压群芳，百花相比无颜色，他偏说，牡丹虽美花不香……"

还记得康德说过:"更适合于虚荣的,却是动人和引人而不是迷人和媚人。"黛玉无疑是动人和引人的,那心中的强烈感情的表达,让唤起了无数男人天生的保护欲望,更引得无数人为其抱恨与叹惋;可宝钗却是迷人和媚人的,那种外表的可人与神情中的妩媚姿态,反而只会让很多男人产生一种敬而远之的欣赏,却无法激起男人想去探究的兴趣。所以很多时候,这种经过人工精打细作的被创作物,由于她那美丽而端庄的形象是所有人都可见的,又由于缺少了更美好的女儿的细腻感情,便很轻易地陷入了故作骄傲这一缺点之中,她对于一切都是冷漠的,并且更愿意在这种冷漠中自得其乐。所以,曹公只有在梦中设计了一个似黛如钗的"兼美",以完成男人们在现实中不可能实现的心愿。不失神界之仙气,又不失人间之俗气。亦仙亦俗之中,应该会达到一个如中庸一般的平衡感与满足感。

第二章 / 情归何处

纵然兼美亦有缺——秦可卿

> 于千万人之中，遇见你要遇见的人。于千万年之中，时间无涯的荒野里，没有早一步，也没有晚一步，遇上了也只能轻轻地说一句："哦，你也在这里吗？"
>
> ——张爱玲

美国现在有一部非常流行的电视剧，叫做《绝望的主妇》。这部电视剧一出，就成了当季最流行的新剧和周日收视率最高的节目，平均收视率达到2070万人，甚至当时的美国第一夫人劳拉也成了它的"粉丝"。

那么，还记得第一集就以自杀收场的Mary Alice Young吗？这位旁人眼中完美的主妇，在一开始便开枪自杀。而也正是由于她的死，她才得以冷眼审视自己和朋友们面具下的真实生活。而《红楼梦》中，曹雪芹所设计的秦可卿的最早离场，大抵也正是出于这一目的。只有她先死，她才能更冷静地跳出凡间女子的思维方式，用超然的视野冷眼旁观着贾府的是是非非，人情冷暖。

秦可卿是营缮郎秦业的女儿，是从养生堂里抱来的，"因素与贾家有些瓜

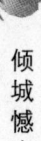

葛,故结了亲,许与贾蓉为妻"。秦可卿在《红楼梦》中的出场次数少之又少,虽是存活时间最短的一个金钗,却是最值得细品的一个女人。在第五回中警幻仙姑介绍,秦可卿原是警幻之妹,仙界之名为"兼美"。我们可以从一句话中清楚地了解为何取此妙名:"其鲜艳妩媚,有似乎宝钗,风流袅娜,则又如黛玉。"宝玉与她梦中云雨,缠绵数日,"柔情缱绻,软语温存",以至达到了难舍难分的程度。可以这样看,秦可卿出现在宝玉所做的春梦之中,是他第一个性启蒙者。

仙界之中的秦可卿是何等的妩媚袅娜,我们可以从曹雪芹为她姐姐警幻仙姑所做的赋中暗得一二。曹雪芹赞美警幻仙姑:

"……靥笑春桃兮,云堆翠髻;唇绽樱颗兮,榴齿含香。纤腰之楚楚兮,回风舞雪;珠翠之辉辉兮,满额鹅黄。出没花间兮,宜嗔宜喜;徘徊池上兮,若飞若扬。蛾眉颦笑兮,将言而未语;莲步乍移兮,欲止而仍行。美彼之良质兮,冰清玉润;慕彼之华服兮,闪灼文章。……其素若何?春梅绽雪。其洁若何?秋菊被霜。其静若何?松生空谷。其艳若何?霞映澄塘。其文若何?龙游曲沼。其神若何?月射寒江。……"

姐姐尚如此之美艳,其妹当与之不差毫厘,甚至我们可以这样以为,曹雪芹对警幻仙姑的这一番赞美之词,用在其妹身上,也实属应当。把可卿的体态比作龙游曲沼,把她的神韵比如月射寒江,集华丽与冷艳于一身。那在人间不可再得的美态,那人世中不可思议的神情,全都奉献给了如可卿般的女子,真真应是曹雪芹心中最动人的情诗。

第二章 / 情归何处

只是此女只应天上有，奈何非要在人世间流连一番呢？如果单纯只如顽石般凡心偶炽，也有失了仙子的"责任"，大概这可卿入世的目的，也有点化贾府众女子的任务。所以我们可以见到纵然她在死后，也会出现在那些"薄命女子"的梦中，或明或暗地泄露着"天机"。宝玉只是游历，黛玉是还情，那可卿呢？应该是警示吧。

秦可卿下凡，却不知其生父生母，显然是因其仙姿神风，无法隐藏得太深，故曹雪芹没有办法安排谁为其父，谁为其母，就像孙悟空无法知道自己的父母一般，话说回来，又有谁愿意去追问仙人的父母是谁呢？那仙本是自行修练，是吸取天地之精华而幻化成人形的。故而秦可卿的长相、性情、言行，都是她自我生化出来的。而她在感情之中的那种封建礼教不能容忍的一切做法，都是她自己的专属，无法追究父母的责任，这样反而让她显得更加洒脱。曹雪芹如此将出身一笔略过，反而更轻松些。

凡间的可卿，长得袅娜纤巧，性格风流，行事又温柔和平，深得贾府长辈的欢心。可纵然是在别人看起来如此"完美"的一位女子，竟然做出与公公私通的丑事，这让众多读者心痛不已，历代评家也对此女毁誉参半，实在是让人又爱又恨啊。抛开可能潜藏的种种苦衷，我们暂且浅尝辄止地看看这个女子，到底做了何等"丑事"。

"情天情海幻情身，情既相逢必主淫。漫言不肖皆荣出，造衅开端实在宁。"我们从这首曹雪芹写给她的判词中可以看出，秦可卿是因"淫"而逝的。更有曹雪芹在改稿之前的章回名称"秦可卿淫丧天香楼"为另一力证。她与她的公公贾

珍的关系是暧昧的。秦可卿是多情的，甚至宝玉的多情，也多多少少也受到了他的这位侄媳妇的影响。秦可卿身为贾珍的儿媳妇，却不能恪守伦理之根本，在曹雪芹的时代，大抵也只能归为"多情"这个牵强的原因了，所以在《好事终》一曲唱词中，曹雪芹写道："擅风情，秉月貌，便是败家的根本。"

"情既相逢必主淫"，看似是对秦可卿很严厉的批评，可是奇怪的是在第五回之中，曹雪芹借警幻之口又道出了关于"情"与"淫"二字的另外一层意思：

"淫虽一理，意则有别。如世之好淫者，不过悦容貌，喜歌舞，调笑无厌，云雨无时，恨不能尽天下之美女，供我片时之趣兴，此皆皮肤滥淫之蠢物耳。如尔则天分中生成一段痴情，吾辈推之为'意淫'。'意淫'二字，惟心会而不可言传，可神通而不能语达。汝今独得此二字，在闺阁中，固可为良友，然于世道中，未免迂阔怪诡，百口嘲谤，万目睚眦。"

这"在闺阁中，固可为良友"一句，让我们不禁去想，为"谁"之"良友"呢？那警幻仙姑之妹，是不是也是宝玉可为"良友"的其中一人呢？既为良友，必在性情之中有相通之处，故而那些"百口嘲谤"是不是也可以形容秦可卿在世人之中所处的不利境地呢？另者，如果那刻画宝玉的那二首《西江月》的词句，是对宝玉的明贬暗褒，那么"万目睚眦"又为何不能是曹雪芹用一种"反喻"的修辞方式来表达自己真正意图的呢？如果曹雪芹真的是站在封建礼教维护者的角度去批判秦可卿不应该"多情"，那为何又将其刻画得如此出众不凡。黛玉为草，宝钗是金，可这可卿在曹雪芹的笔下，可是位名正言顺的仙子啊！

大概只有一种理解可以为可卿"正名"。世人往往因古代的一夫多妻制，去

第二章／情归何处

为男人的共享天下之美女找"合法"的道德理由,却因女子的无法"多夫",进而苛求其不应多情,故而这种看似符合封建礼教的不公平,也应是曹雪芹在刻画秦可卿时去思考的问题吧?人们可以把贾珍的糜烂多情,归结于贾府的纵容与男权社会之下的伦理法则,却实在找不到女子多情的立世缘由。故而"多情"是女子的大忌,男人可以三妻四妾,而女人只能是从一而终。可卿突破"从一而终"的道德律令,大胆突破古代婚姻制度的底限,其实是在为自己的多情,找一个世人看起来"极难容忍的"出路。果然,秦可卿这一形象一出现,就受尽了"百口嘲谤"与"万目睚眦"。曹雪芹不忍心让她再在凡尘中多驻足片刻,早早出场,早早谢幕,让后人品头论足,自己且去逍遥地做神仙去也!

可是秦可卿走得并不洒脱,她依旧牵挂的,是在红尘中挣扎的众多薄命的姐妹们。与她最好的,莫过于凤姐了。所以她在离开尘世的时候,特意进入凤姐的梦中,说出了一番纵然多数男子也无法洞悉的大道理:

"常言'月满则亏,水满则溢';又道是'登高必跌重'。如今我们家赫赫扬扬已将百载,一日倘或乐极悲生,若应了那句'树倒猢狲散'的俗语,岂不虚称了一世的诗书旧族了!"

秦可卿死后果然以一个冷静的旁白者出现了。托梦一事,是秦可卿回归神仙本位之后做的第一件正事,因为她清楚的知道,她死后凤姐必然会协理宁国府。而凤姐的弄权、敛财、害命,也正是起于她的这一行动。贾珍向王夫人流泪求请凤姐料理丧事,纵容她"爱怎么样就怎么样。要什么只管拿这个取去",使凤姐忘乎所以。可以这样讲,秦可卿是出于对凤姐的姐妹之情才托梦相劝,怎奈

凤姐虽为"脂粉队里的英雄",却在春风得意之时,真真把秦氏的一番劝告给忘到脑后去了。

秦可卿死后第二次出现,是在贾母死后。这虽然是高鹗之续书,却倒也间接体现了秦可卿冷眼旁观,并引导薄命的鸳鸯最终解脱。

"我在警幻宫中,原是个钟情的首坐,管的是风情月债。降临尘世,自当为第一情人,引这些痴情怨女早早归入情司,所以该当悬梁自尽的。"

这话是仿警幻仙姑之言,犹有鹦鹉学舌之感,我们尚不作细论,只是这后面的话,就时把曹雪芹的原意曲解到了极致:

"你还不知道呢。世人都把那淫欲之事当作'情'字,所以作出伤风败化的事来,还自谓风月多情,无关紧要。不知'情'之一字,喜怒哀乐未发之时便是个性,喜怒哀乐已发便是情了。至于你我这个情,正是未发之情,就如那花的含苞一样,欲待发泄出来,这情就不为真情了。"

粗看,依就是曹雪芹在第五回的"情"与"淫"的言论的翻版,实则大意相去甚远了。如果说曹雪芹的"情"、"淫"合一是超然于皮肤滥淫之上的精神高度,那么高鹗所续的,则又把"情"彻底拉入了道德教化的体制之内。情,即为"花的含苞",即未失贞。未失贞,方可为"真情",一旦情有所发,竟然不可称之为"情",只可称之为皮肤之所"淫"了。"淫"在古代,非特指淫欲,更有"过多,过甚"之意,曹雪芹实则论述的,是一"多情"的问题,可惜这高鹗笔下的可卿所论之"淫"已经彻底跳不出"淫欲"之"淫"了!

世人之扼腕可卿,怪其诸事精明,却唯有在感情之上"糊涂",怪其不该多

第二章 / 情归何处

情，身为贾蓉之妻又与其公公贾珍有染，可谓是"兼美"之余的最大之恶状。可是曹雪芹努力刻画的，正是尘世中的所有不完美状态。他要告诉我们的是，世界的女子无一完美。这样的不完美在《红楼梦》的众多女性之中，或因天生多病而柔弱，或因世事多舛而过早夭亡，或因勾心斗角而渐如死水，或因懦弱无知而受尽凌辱，尽乎无一幸免。真真应了"薄命"二字。

命运本身就是一种不完美的体现，明月尚有阴晴圆缺，又况我们女人呢？古代大儒董仲舒认为，人性本身并不是纯善或纯恶的，而是存在着"善"的可能。这种可能性的"善"的实践，就是对人性的一种纠正与磨炼。可能完美的只是仙界的幽幽神女，并不存在于我等俗人之中吧。纵然"多情"无法克制，那么在红楼之梦中，何不多些容忍与淡然的态度，放下道德上近乎苛刻的他律要求，看到可卿身上值得我们去进行反思的一切呢？

我们何不正视这样的不完美？何不正视让我们在社会舆论中被狂加贬斥的人性中的阴暗？正视，不代表无视与容忍，而是需要寻求一种合适的排解之道，让我们不至于在多情的思绪之中迷失自己。秦可卿的悲剧对于现实世界女子的警示，就是告诫我们需要一种树立正确的性道德观。这种公公与儿媳妇之间的暧昧关系不仅是为封建礼教所不许，就是在当今社会，也是为道德所不容的。坚守正确的性道德，不是愚昧的"从一而终"，而是在当你成熟地走向婚姻的那一刻，要懂得自己的肩膀之上所应扛起的责任与义务。婚姻之外的性道德，是当你决定被一双温暖而坚定的大手牢牢握在其中的时候，你所表现出来的自愿与肯定；婚姻之内的性道德，则是当你决定戴上那枚戒指的时候，你所表现出来的

忠诚与信赖。

其实在爱情之中，我们不能忽视的，是我们体内荷尔蒙所带来的巨大力量，当我们看到那个让我们心动的异性时，我们就知道他是自己心中想要的那一类人，所以我们好奇，我们试探，我们接触，我们交流，我们相知，我们相恋。可是在交往之中，我们却也会因为那个男子不符合我们给自己制定的配偶要求，而去怀疑，去失望，去否定，去绝望。于是我们会渐渐明白，依旧会有属于我们要求的其他男人存在在这个世界上。所以我们慢慢变得精明起来，会分析了，会比较了，会取舍了。这又何尝不是一种多情呢？只是若在未婚之时，这种多情是一种对于终身大事的权衡与抉择，倒也无可厚非。可是在婚姻之中，如果我们依旧过多纠结于这种取舍的快感而优柔寡断，不够决然，那么我们所得到的，绝对不会是我们心中所想的那份憧憬与结果。有太多太多的例子不胜枚举了，那些可怜而可悲的人们结婚了，被诱惑了，不能自持了，公开抗争了，如愿以偿了，走投无路了……

记得一篇小文中曾写道："在对的时间，遇见对的人，是一种幸福；在对的时间，遇见错的人，是一场悲伤；在错的时间，遇见对的人，是一声叹息；在错的时间，遇见错的人，是一份无奈。"我们无法知道命运给我们安排了几场风花雪月的情事，我们也清楚的知道所谓"痴情"在当今尘世之中是多么的不易。所以我们总是善于幻想着，期待着；在失望之余接着幻想，接着期待。

真正的爱情，是在能爱的时候，懂得珍惜；

真正的爱情，是在无法爱的时候，懂得放手……

欲洁何曾洁——妙玉

> 如果情感和岁月也能轻轻撕碎,扔到海中,那么,我愿意从此就在海底沉默。
>
> ——张爱玲

泉知不问源

《红楼梦》之中,有三个主要人物的名字中带有"玉"字,一个是宝玉,一个是黛玉,一个则是妙玉。

这妙玉出身于苏州一个"读书仕宦之家",因自小多病,家里买了很多穷人家的女孩子代她出家当"替身儿",都不能使这位千金小姐的身体健康些。于是她最终不得不亲自入了空门,方才好了。

虽然《红楼梦》并没有指出妙玉的家世倒底如何,可是在贾母、刘姥姥等在大观园中品茶时,却也能窥得深浅。她拿出了"成窑五彩小盖钟"这样的古董奇珍,还因为刘姥姥吃过茶后就不要了。而后又拿出"点犀盉"、"瓠瓟斝""绿玉斗"、"九曲十八环一百二十节蟠虬整雕竹根的"大盒等最上等的奇珍异宝,

甚至连贾府都没有与之抗衡的古玩,可见妙玉家的地位之高,亦可能高出贾府。

在《红楼梦》中,曹雪芹笔下的妙玉通体都透露着一种不俗的气质,她聪颖美丽,资质不凡,秀外慧中,才华横溢。不仅通经典,富诗才,擅弈道,晓音律,而且对古玩、茶艺、花木也是很精通的。可以这样讲,妙玉若放在当今之世,必是一个无人可及的出众女子,让人只可远观而不可亵玩的清恬女儿。

很多人都想从书中的只言片语中,寻求妙玉的确切来历。可是书中有一句诗句说得极贴切:"泉知不问源。"如果说源头污淖,这妙玉自然不会标榜高洁;如果泉水肮脏,这妙玉也不会自诩"槛外人",自绝于世俗之外。所以暂且放下对于妙玉身世的穷追猛问,用一颗散发着淡淡清茶之香的心境,品味这个女儿的性情与不幸吧。

仔细想来,妙玉的出家全然是不得已的。这种不得已之出处,来自于求生,自然是因为其体质过于柔弱多病之故。而出家之后,父母俱亡,更给她的命运增添了最无奈的灰暗色调。加之所见所学,俱为佛家经理,故而在性情之中,又多了几分自视的清高与刻意的避世。

妙玉纵然是出家,她也是带发修行,并没有落发为尼。而之所以要落发,是因为当初释迦牟尼成佛时,他的须发自然脱落,象征着脱离世间烦恼,因此后来的出家人也要效仿佛陀,出家后将须发剃除。佛教认为,人的身体在成年后仍不断生长的只有头发和胡须。不断生长的须发具有竞争之意,能诱发人的竞争之心,使人内心不得清净,故而做僧人先要剃去须发。而须发,尤其是头发,在中国传统观念中却是受之于父母,是万不可毁坏之物。曹雪芹将妙玉写成带发修行，正是为其"僧不僧、俗不俗"找一个宗教之中的合理借口。

过洁世同嫌

纵然皈依佛门，这妙玉最爱推崇与最喜欢的人物，竟然是庄子。我们都知道庄子是道家的重要思想家。从那梦蝶处，鼓盆中，我们见到的，是一个怪诞洒脱的庄子；从谈鹏间，论鱼里，我们见到的，是一个奇思善辩的庄子。妙玉爱读《庄子》，怕爱的是那不同于世俗的开阔眼界与不俗性格吧。所以她自认为自己也是一个"畸零之人"。估计妙玉的心中，与庄子心中的大世界也是有着几分相似之处的。她对政治，对权力，没有兴趣；对俗世，对名利，全然看破；她不合群，自愿在边缘生存，享受孤独。但因为她的心中之大宇宙观，又能与天、与宇宙、与自然达到和谐。

妙玉能进大观园，看似无意间的举动，实则带有几分命中注定的色彩。若真的能在青灯古佛旁终了一生，倒也成全了她自视清高并看破一切的泰然。她因为"听见长安都中有观音遗迹并贝叶遗文"，便随了师父来到了京城，在西门牟尼院住着。妙玉的师父圆寂之时，妙玉本要扶灵回乡的，可师父却不让她回去，并留下了一段也许让当时的她无法明了的话：

"他师父极精演先天神数，于去冬圆寂了。……他师父临寂遗言，说他'衣食起居不宜回乡，在此静居，后来自然有你的结果。'所以他竟未回去。"

"自然有你的结果"，区区七个字，对于妙玉而言，是一种期待。"结

果"带有着宿命论，或许对于妙玉而言，她所期许的结果，是更想透析出自己的未来将归往何处吧？所以她静静地等待着，按着佛家的规矩，祈盼着神迹，渴望着超脱。

　　妙玉的洁癖，应该从两方面来看，一方面的确是因为她过于爱清洁，在生活中显示出的一种生活习惯；而另一方面，则更是一种代表着自己性情之中的洁身自好，不为外物所污的习性。这种洁癖的生成，从我们当今的医学角度来看，是一种强迫性人格，是一种在不良的社会环境中所养成的心理暗示。古代所记载的有洁癖之人，往往带有着孤芳自赏的清高。如明代山水画家倪云林，就是一个最经典的洁癖之人。他有一个香厕，是一座空中楼阁上，用香木搭好格子，下面填土，中间铺着洁白的鹅毛。后来因为他的洁癖与孤高，使这个男人不仅激怒了敌人，也丧失了朋友。唐代大诗人王维亦有洁癖之症，据说他每天要扫屋几十遍。

　　妙玉的洁，更多的是一种精神上的洁癖，她所体现的，是中国古代文人之中那根深蒂固的自命不凡。她在社会关系上也是存在洁癖的，那刘姥姥只是在她那里喝过一次茶，她竟要把刘姥姥用过的一只名贵的成窑杯子扔掉。可是后来她却把自己常用的一只绿玉斗拿来给宝玉斟茶喝。可见她嫌弃的，不是刘姥姥的口脏，而是出于一种名门贵族看不起普通平民、城里人看不起乡下人的洁癖。

　　可惜极具讽刺意义的是，偏偏是这样一位自命高洁的女子，却居住在那个在她看来极不洁的名门望族的府第之中。妙玉的高洁，不仅意味着"孤僻"，而且还像邢岫烟和贾宝玉所说，高洁得"不合时宜"，要知道她是需要靠贾府的钱财生存的，再与贾府以槛内或槛外相对立，亦难逃阿堵物之臭气。

或曰真洁之士，是那种"闭门即是深山，读书随处净土"的：陶翁结庐于人境，尚有高洁留存于外；刘氏陋室在凡间，亦有清名驻足于内。所以纵然妙玉苦苦维持着自己的清高本性，却依旧难逃离矫揉造作之嫌啊。

她对于权贵的傲视和鄙夷，不但会招致权贵的忌恨，而且也不被那些处于当时社会中下层的人们所理解。如"家原寒素"的邢岫烟，就和宝玉有如下的对话：

"'他为人孤僻，不合时宜，万人不入他目。原来他推重姐姐，竟知姐姐不是我们一流的俗人。'……岫烟笑道：'他这脾气竟不能改，竟是生成这等放诞诡僻了。……'"

妙玉那种"玉石相杂"的高洁的心性，使她既不可能与如刘姥姥般的劳动者为伍，又不愿意与权贵们合污。"过洁世同嫌"，自绝于世俗之外，本来是佛道二家的共同特性，加之知识分子的孤芳自赏与看破红尘般的超脱追求，必然会如妙玉般得罪了众多人。可以这样讲，妙玉是大观园中继宝玉、黛玉之后第三个叛逆者。纵然她的清高故显做作，却丝毫不能掩盖那玉自顾自地散发着温和而柔润的光彩。

三五知己

贾府里与妙玉性情相投的大概有三个人：一个是邢岫烟，一个是黛玉，一个是宝玉。

先说邢岫烟，虽然妙玉曾在邢岫烟幼时教其识字，纵然师生之谊所占多数，但毕竟也颇有交集，故而邢岫烟应该算是妙玉的一个朋友了。事实上从妙玉与邢岫烟的交往看来，妙玉是一个极重感情的人。面对相别十年后再次见到故交岫烟，妙玉对岫烟的感情是"更甚当日"。此外，纵然邢岫烟在与宝玉说话时，曾毫不留情地批评妙玉"僧不僧，俗不俗，男不男，女不女"，但她针对的不是妙玉送宝玉贺贴这件事，而针对的是妙玉在帖子上下别号这件事。从这点来看，岫烟也应该算是妙玉的知音之一了。

从黛玉与妙玉的相识相知中，我们会发现她们两人的身上有许多相似之处。

同是书香门第的官宦小姐，因为家道的没落，过着寄人篱下、仰人鼻息的生活，且一样无亲无故。妙玉和黛玉又有着相似的品格，那就是清高孤傲、目无下尘、不与俗人为伍。有人说大观园中姑娘的住处和她们各自的性格品性是有很大关系的。所以若说潇湘馆中的竹，代表黛玉孤标傲视，有气节的话，那妙玉栊翠庵外的红梅则能代表妙玉孤洁、不畏强暴的美好品质。

除命运与性情的相似之外，妙玉和黛玉在才华上也是可以相互媲美的。纵然曹雪芹并没有给妙玉多少展才的机会，但也并没有就把妙玉的才华淹没。从妙玉"品茶栊翠庵"中，可以看出她对中国茶文化的精通，还有在第七十六回中，描写妙玉为黛玉和湘云续诗，令两人赞赏不已。更说明了妙玉"气质美如兰，才华馥比仙"的过人之处。

虽然黛玉对于宝玉身边的其他女孩子是多心的，可是对妙玉一个人却是放心的。芦雪庵赏雪联诗，宝玉输了，掌坛的李纨对宝玉想了一个"雅罚"："我才看见栊翠庵的红梅有趣,我要折一枝来插瓶,可厌妙玉为人,我不理他。如今罚你取一枝来。"当宝玉准备去时,李纨要派人好好地跟着,而"黛玉忙拦说:'不必,有了人反不得了。'"这表明黛玉是非常了解妙玉的。

关于妙玉与宝玉的关系,是最微妙的。妙玉喜欢与宝玉相处,这点是可以明显得知的:栊翠庵品茶的时候,她给宝玉的茶杯,是自己日常喝茶的绿玉斗。我们知道妙玉是有洁癖的,而她却丝毫不忌讳宝玉用自己的杯子。再想到后来"冒雪乞梅"时,尽管"乞梅"的整个过程并未明表,而是只写了一个"乞梅"的结果——"一语未了,只见宝玉笑欣欣擎了一枝红梅进来"。在这一情节中,妙玉虽然没有出场,却是胜似出场。把宝玉与妙玉的特殊的关系极为含蓄地表现出来了。如果妙玉对宝玉不是喜欢的,又怎么会给他一枝梅花呢?

可纵然是一种喜欢,难道就可以将妙玉对宝玉的感觉定义为"爱情"吗?爱慕之意多少会有一点,可单纯的归类为爱情,却有点武断。正如宝玉所言:"他原不在这些人中算,他原是世人意外之人。因取我是个些微有知识的,方给我这贴子。"这两句话,应该是宝玉对妙玉这个人的最为直接的评价。对于这样一种女性,宝玉的态度应该是一种超然于男女之情之外的知己之情。

总之,妙玉在大观园之中的朋友很少,可不代表她的世界就是孤寂而毫无色彩的:妙玉与黛玉同品性,妙玉与宝玉又为知己,加上黛玉对妙玉、宝玉的友情了解与信赖,他们三者之间是和谐并共存的。

倾城憾事

命从枯骨

我们都想知道"可怜金玉质,终陷淖泥中"这句判词背后的意义,我们也都想知道这清高自洁的妙玉在贾府落败之后的真正结局。那么,还是化繁为简,稍微轻松一点看看这个女子应该如何终了那薄命的一生吧。

我们都已经明了妙玉、黛玉、宝玉互为知己了,那么对于"可怜金玉质"中的"质"一字,应当如何作解呢?我们见到这一个字时,自然而然地联想到黛玉曾经写过的那首《葬花吟》中的诗句:"质本洁来还洁去,强于污淖陷渠沟。"两个"质"字,互为对应,无一例外地表现了妙玉与黛玉追求身心上的高尚与纯洁。那金玉质,又何尝不是妙、黛共同本性的写照呢?那黛玉还完泪后,功德圆满,回太虚幻境销了自己的号;妙玉呢?她的"金玉之质"真的能如她所愿的永保高洁吗?

我们还记得宝玉在第二回时,借他人之口阐述的自己的那个看起来荒唐可笑的观点:"女儿是水作的骨肉,男人是泥作的骨肉。"以泥质来比喻男人,那么就很容易理解"终陷淖泥中"这五个字的意思了。这分明是说妙玉以后要身陷于男人之中啊。可这个男人,不可能是宝玉,因为宝玉当时应该已经出家了。脂砚斋有评:"……红颜固不能不屈从枯骨",那么这个"枯骨"又是什么意思呢?"枯骨"在我国古代的词语之中,一是指死人的朽骨,二是指枯瘦的身躯。我国唐朝诗人杜甫有一首《逃难》诗,是这样写的:

"五十白头翁,南北逃世难。疏布缠枯骨,奔走苦不暖。"

那么这个"枯骨"很可能是个枯瘦身材的男人了,倒不敢确定是个年纪很大的男人,可是想必是有一定手腕的,否则也不会使那样清高的妙玉"屈从"吧?

再看她的曲子之中,有一句话叫做"风尘肮脏违心愿"。一提"风尘"一词,很多人便联想起了娼妓生涯,其实这个词还有另外两种解释,一是比喻旅途的艰辛劳累;二是比喻纷乱的社会或漂泊江湖的境况。要知道妙玉是自甘处于世俗边缘的,再次回归红尘之中,必然是违心愿的,可我们不能一见"风尘"就想到她沦为娼妓啊,"肮脏"应该是对指她的"洁癖"而来的吧?对于一心向往高洁生活的妙玉来讲,哪怕是再干净的世间之事,都是入不了她的眼的,在她看来都是肮脏无比的。那么"心愿"之一,脱离肮脏的尘世,便与她彻底绝缘了;那么她的第二个心愿,心属宝玉呢?大概也是不可能的事了。所以不管她入红尘之后所识何人,所经何事,都肯定是"违心愿"的。

那么"好一似,无瑕白玉遭泥陷"呢?这要从三"玉"的共同意象说起了。也许这宝、黛、妙三"玉",实则是同一个人的不同结局,放置在或男或女,或俗或僧的不同人物之中,赋之于不同状态的过程,而最终得到的,却依旧是逃不脱的"殊途同归":黛玉撒手归天;宝玉淡然脱尘,而那一直处于"红尘之外"的妙玉,却不得不回归肮脏的尘世之中,替黛玉、宝玉继续受着他们二人未曾受尽的人间之苦。

可以这样讲,只有妙玉的不得已再次入世,才是一个女子最真实并最现实的人生归途。曹雪芹想要告诉我们的是,纵然六根清净,也不过迷梦一场。尼姑思凡,也只不过是情窦初开的女儿心中那单纯地对爱情的向往。一旦真正嫁为人

妇，等待她们的，必然没有佛经之中的那般超脱与淡然，也不可能有清院之间那般轻闲的单纯与简单。爱情总是要归为俗事，一旦动了凡心，就再也无法体味抛却三千烦恼丝的洒脱与绝念。这就是一个女子真正归为烟火人间的正常状态，这就是一块白玉身陷于淖泥凡尘的无法自洁。

所以我们说，妙玉的"洁"，是一厢情愿的。或许在那栊翠庵中，在贾府的庇护之下，妙玉如宝、黛一样，是可以保留他们那大部分叛逆与超然的精神状态，可当完全失去了大树的庇护之后，当他们真正独自面对世间的坎坷之时，他们应该何去何从，也许是曹雪芹一直在思考并也亲身经历的问题吧。

再单纯的爱情，一旦从精神世界回归到现实之中，必然会不如我们所愿般简单而美好。"简单"一词，太过轻松地形容感情，又太过草率地形容生活。妙玉所崇拜的庄子，所处的时代是可以纵容那些狂放之士肆意舒展着自己的个性的。可惜的是，妙玉也好，宝、黛也罢，他们都生错了时代，他们所处的社会，恰恰是打压、消磨与改造文人雅士们清高个性与惊世言行最严厉的时期。知识分子，特别是知识女性所受到的束缚，是我们当今的女性所无法想象的。那么，"屈从"则一定是诸如妙玉般的女子最悲哀的结果，也是最现实的结果。

道是无情却有情——王熙凤

> 不要去看那个伤口,它有一天会结疤的,疤痕不褪,可它不会再痛。
>
> ——三毛

俗鸟非凤

"凡鸟偏从末世来",摆明了写王熙凤所处的贾氏大家族的内部是如何的暗流涌动。正如刘姥姥初进贾府之时,王熙凤对她说的那段话:"……外头看着这里烈烈轰轰的,殊不知大有大的艰难去处,说与人也未必信罢了。"的确,虽然这是推托的客套谦词,却也道出了当时贾府的实际状况。而"凡鸟"之典,则出自于《世说新语》之中。"嵇康与吕安善,每一相思,千里命驾。安后来,值康不在,喜出户延之,不入,题门上作'凤'字而去。喜不觉,犹以为欣,故作'凤'字,凡鸟也。"这个故事说的是,傲骨临风的嵇康有一个哥哥,当嵇康的好朋友吕安有一次去拜访嵇康,却恰巧本人不在家,只有他的哥哥嵇喜在家。可是这个哥哥却没有弟弟的那般才情,只是不重礼节的粗人。于是吕安临走的时

候,在门框上面写了一个"凤"字。嵇康回来之后,嵇喜无比高兴地告诉嵇康,吕安给他写了一个"凤"字,以为夸奖他是神鸟凤凰,却不知道吕安是嘲讽他是庸人一个,"凡鸟"一只。在繁体字的"凤"若外中相拆,即是"凡鸟"二字。而曹雪芹将身为王夫人的内侄女取名为"凤",巧引原典,暗讽她其实并非灵秀通体的才女,只不过是身染铜臭的粗俗女人罢了。

然而对于王熙凤本人来讲,身处末世本非所愿,可她若非要逞个"脂粉队内的英雄",便不得不细说她的脾气禀性了。

王熙凤虽为大家之女,却"自幼假充男儿教养的",就是我们俗语之中的"假小子"。既然是"假小子",那么女儿家需要具备的特有道德要求,自然在她的身上找不到几处符合得当的。这般男子之态,并非体现在吃穿用度之上,而是体现在言行处事之中。我们可以从冷子兴的叙述当中,侧面了解她的这一特点:"谁知自娶了他令夫人之后,倒上下无一人不称颂他夫人的,琏爷倒退了一射之地。说模样,又极标致,言谈又爽利,心机又极深细,竟是个男人万不及一的。"这是对王熙凤的初次介绍,虽然评语从旁人之口道出,却也是对王熙凤最正面的直接定性了。

而恰恰因为王熙凤少了那种女儿家自幼被教育成的内敛而柔软的神态,她的言行,在其第一次出场时,竟然并没有让读者觉得有任何突兀。只不过纵然也是被父母充当儿子一般教养的林黛玉,却因自幼天生的娇柔百媚,未曾见到如此开朗奔放的女子,自然会有一种奇怪的感觉:"一语未了,只听得后院中有人笑声说:'我来迟了,不曾迎接远客。'黛玉纳罕道:'这些人个个皆敛声屏气,恭肃严整如此，这来者系谁，这样放诞无礼？'"没有错，这种"无礼"之状，纵然是贾府之中的堂堂男子，也很少能做到的，可为何王熙凤敢如此放诞呢？一是因为这王熙凤，可是最有心机之人，她懂得选择讨巧的对象，直接定位在老太君身上。此次初次登场，脂砚斋有评道："……阿凤于太君处承欢应候一刻不可少之人，看官勿以闲文淡文也。"摆明了告诉我们一点，王熙凤的这样出场，是有深意的，不是何人都可以在老太君面前有这样行为的。只有得到贾家至尊的喜爱，方有喜爱之上的信任，信任之余的宠溺，宠溺之后的放纵。

而若王熙凤单单懂得取巧于贾母，也不太可能在宁荣二府呼风唤雨、肆意妄为。那么这"自幼假充男儿教养"一句，便不是可有可无的语句了。

我们需要简单了解一下社会学中的"菲勒斯中心主义"，这个名词看起来比较晦涩难懂，其实直白些讲，也就是人们一般所说的男权中心主义。它主要是指在社会中，无论在政治、经济、教育、家庭领域中，所有权威的位置都保留给男性，用男性的标准评价女性。那么，不论古今中外，无时不在，无处不存的男权中心似乎一直摧残着女性的身心，压抑着女性在家庭方面的应有权利，阻碍着女性在社会生活中的正常发展。《红楼梦》做为千古奇书，并不单单旨在颂扬宝、黛二人精神相合的崇高爱情，它更是一部替女儿诉苦的"状书"。而其中最具备典型化出女人之体格的人物，必定是性情男性化的王熙凤了。

这种典型的塑造，却是超于前人作品万倍之上的。我们或许记得《女驸马》中的冯素珍女扮男妆高中状元救未婚夫，我们亦或记得《威尼斯商人》中的安东尼奥的未婚妻鲍西娅假扮律师救未婚夫。不论中外，除却女主人公外面的那身衣

服,冯素珍与鲍西娅都是性情之中的真真女子。只是她们拘泥于性别本身,不得不假扮男人,被动参与男人世界的世事纷争。而王熙凤与这两个艺术形象的不同之处,则在于她自幼就被主动灌输的男子之气。一是被动反击,一是主动迎击,两种不同状态之下共生的,是对于男权社会的不满之情。故而曹雪芹所刻画的王熙凤这一形象,就可以说是中国古代小说众多女性形象中最富有特色的了。

我们由此可见,当今社会中有多少背负"女强人"盛名的女人,她们必为一部分被动,一部分主动。例如,我们常常可以听到这样一则笑话:"世上有三类人,男人、女人与女博士。"大概是讽刺女博士虽然博学多才,却很容易毫无情趣,失去了善解风情的女儿之柔情吧。就算是强调纯粹理性的康德老先生,也毫不掩饰他的这种偏激看法:"辛苦的学习或艰难的思索,哪怕一个女性在这方面有高度的成就,也会消灭她那女性本身所固有的优点,而且这一点还可能由于其罕见的缘故而成为一种受到冷漠的惊叹的对象;而与此同时它却削弱了女性能用来对于男性施加巨大威力的那种魅力。"所以不论是如林黛玉般出众的才情,亦或是如王熙凤般过人的精明,都会多少让很多男士们没有胆量与她们深入交往。虽然很多人对黛玉的遭遇悲叹,却少有人真想把这样一个怯弱不胜的女儿娶回家当媳妇,更不想把一个如王熙凤般威而不露的女人领进家门,丢了自己身为堂堂七尺男儿的"立世之尊"。而对于女人来讲,在除去王熙凤般阴毒狡诈、作恶多端的诸多劣性,我们是否也能从她的立世态度之中,寻找到一丝小小的申张不公的快意与立足此世的窍门呢?

不自信的妒妇

女人的妒悍行为常常被世人讥讽为"河东狮吼",妒悍的女性也被谑称为"胭脂虎"、"母夜叉"等。其实嫉妒本身为男女共存,人们却多将此列为女性脾性的特色。可见从古到今"女人善妒"的确是经过历史积淀下来的"经验之谈"。

前文论及黛玉的小小妒心,大抵来自于她的"情痴",她要求爱情的唯一性,不容他人共享宝玉之爱。而王熙凤的妒心,却来源于她作为女人或妻子的角度,她的确知道自己是不如他人的。

贾琏曾经恨恨地说:"你不用怕他,等我性子上来,把这醋罐打个稀烂,他才认得我呢!"而王熙凤判词中的"一从二令三人木",早就向我们明示,王熙凤是要被贾琏休掉哭着跑回金陵的。有人说王熙凤在贾琏面前是肆意胡为的,这多少有些失当。在第十六回中,有一句看似无意却大有意思的话:"凤姐虽善饮,却不敢任性,只陪着贾琏。"此番看来,王熙凤对于贾琏的宠爱,是知道分寸的,而这种分寸,不仅来自于她多少知道些自己身为人妇,纵然能够呼风唤雨于内府,却必须以夫为尊的封建礼数,更重要的则来自于她对于她的家世本身的一种不自信状态。

王家虽然同样是豪门大家,可惜较之贾府,少了祖辈积累下来的贵族之气。这种贵族之气是需要历经时代的慢慢修炼。而自王家出来的女人,无论是王熙凤、王夫人甚至薛姨妈,都没有办法从她们的言行体态中看到这种贵气的存在。

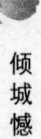

不论是薛姨妈的家业为市井典当之所，还是王夫人在驱逐晴雯时所表露的失尊之态，都是王家对女子教育失职的有力证明。如果还不够证据确凿，那么请看王熙凤对贾琏所说的那一番话："我有三千五万，不是赚的你的。……我们王家可那里来的钱，都是你们贾家赚的！别叫我恶心了。你们看着你家是什么石崇、邓通。把我们王家的地缝子扫一扫，就够你们过一辈子了。说出来的话，也不怕臊！现有对证：把太太和我的嫁妆细的看看，比一比你们的，那一样是配不上你们的？"有人说常常讲的必定是最不自信的，而王熙凤经常炫耀的钱财，恰是王侯府第最不看众的东西。夸耀钱财本是暴发户心态，此话却从王熙凤口中说出，亦可知王家并非贵气逼人之族；"那时我爷爷单管各国进贡朝贺的事，凡有的外国人来，都是我们家养活。粤、闽、滇、浙所有的洋船货物都是我们家的。"在贾琏面前，大肆夸耀，似乎有得意忘形的感觉，因而在王熙凤的众多时刻里，我们闻到的，依旧是她身上的一股子铜臭之气。我们从这样的自我吹嘘与王家对于女子教育的欠缺的对比中感受到的，是一种面对封建贵族子弟之时的刻意维护的自尊。

凤姐的生性多疑善妒，其实更多的来自于自身的不自信。王熙凤在为人处事的那一方面，也是非常清楚自己的短处在哪里的：她不但没有大家闺秀细腻的柔情与应有的教养，并且她还太过在乎阶级辈分，强调自己的主子身份地位。在帮贾珍协理宁国府的时候，王熙凤就有这样一段耀武扬威的宣言："既托了我，我就说不得要讨你们嫌了。我可比不得你们奶奶好性儿，由着你们去。再不要说你们'这府里原是这样的'，如今可要依着我行。错我半点儿，管不得谁是有脸的，谁是没脸的，一例现清白处治。"而身为庶出的探春，虽然贵为千金小姐，而在对于治理贾府的上面，没有凤姐的故作权威的仪态，却依旧精明善治，更能从下人的利益出发，将贾府打理得有模有样。所以女人若想在工作上得人心，事事顺心，有些时候并不需要在气势上故作排场，因为在凤姐的依靠贾母离世之时，便是她努力树立的权威轰然倒塌之时。将自己的依靠建立在年纪最长的贾母身上，可能本身就是凤姐的失策。不能说凤姐不懂如何收买人心，只是因为她内心得失心过重，从而导致自己的内心自卑却又盲目自大。

于是，就算是面对身为其心腹的平儿，凤姐也是顾忌三分的。俏平儿温柔而心善，知主又明事理。就连与贾琏私通的鲍二家的媳妇都夸平儿。平儿具备的忍耐与贤德，让她在贾府上下都是极度讨人喜欢的。这种喜欢，不是来自于对主子的刻意讨好，也不是来自于对下人的以利收买人心，而是来自于她道德品质上的人格魅力。

凤姐那种刻意展示的威严与强势，若放在男人身上，可能更会被一个传统礼教所接受；而对于女人来讲，如此的强势，自然会对几千年来所形成的男权主义造成一定的威胁。而这种威胁，不单单是男人们所感受到的。对于那些为了迎合这种男权主义而委曲求全、忍辱负重的女性同胞们来讲，凤姐的这种强势与张扬，更是一种无法容忍的失德行为。

对于当今在职场上的很多女性来讲，若怀着凤姐的这种心态，努力塑造表面上的个人威信，也会影响她们的人际交往与处事方式，这其实并不能给她们带来更多的实惠。因为在职场中虽然男女的职位表面上看起来是公平的，可是人们

却往往喜欢在评价女上司的时候加上更多的感情色彩,而这种评价标准,直接来自于对传统女性本身的那种静德贤淑的道德要求。《杜拉拉升职记》之所以成为了女性职场上的宝典,是因为在这本书中同样存在着性情截然相反的两个女性人物——职场菜鸟杜拉拉与老练上司玫瑰。而之所以会使得众多女性倾向于学习杜拉拉的原因,其实更多的在于杜拉拉身上的认真执著的精神,而这种精神,正是中国的传统文化努力为女性塑造的道德标准。所以在《杜拉拉升职记》中,我们可以看到,杜拉拉能够在短时间内快速升职的原因,不是因为她在工作能力上较玫瑰有着更大的胆识与魅力,而是因为她具备了中国传统女性特有的隐忍与坚持。正如杜拉拉的职场经典"秘诀"所讲的一样:"学会忍耐,往往比强势更可贵。"

杀人无血笑中刀

凤姐在贾府的肆意妄为,阴毒的凶残作风,在书中并非一开始就表现得非常明显。正如前面所说,她因为骨子里的不自信,就刻意维护着自己身为主子的权威地位,而这种刻意追求的精神胜利,在她弄权之时,必将自有其无可替代的独特构造。

就算是王夫人,在处置金钏、晴雯之事时,也不过是扇一巴掌或大发其勾引宝玉的醋意,并将她们赶出贾府。而凤姐在处理下人之事时,动辄大呼"捆起来"或"打死";暴怒之下,连头上之发簪都能成为她渲泄怒气的私刑器具。

第二章 / 情归何处

我们还记得，当馒头庵老尼静虚求她拆散张金哥与守备的公子的婚姻时，凤姐斩钉截铁地说："你是素日知道我的，从来不信什么阴司地狱报应的，凭是什么事，我说要行就行。你叫他拿三千两银子来，我就替他出这口气。"这也就意味着：无论什么罪恶的事，只要凤姐能够从中得到实在的利益，她就可以去做。而且，她的这样狂傲的口气，不是吹牛的，而是真正有实权在握，只要她愿意，便没有什么事情是她所办不到的。这种贪利而枉法的言行，就是凤姐本身的人生哲学。

凤姐满身的铜臭之气，是王家门第中自带的。王氏与商人关系紧密，而商人却是有"重利轻义"的不良传统的。故而我们在王熙凤身上看到的唯利是图，从根本上讲，是清代市井之中最常见的一种人生追求。而这种恶俗加上王熙凤本身的"寡情薄义"，就形成了她人性之中最恶劣的处世原则。而凤姐不信"阴司地狱报应"，自然是对古代因果论的一种对抗意识。老尼本为出家之人，应断绝世间俗事，却在馒头庵中与凤姐密谋拆离有情人的罪恶勾当；而凤姐又如此重利而轻义，将他人当成自己手中的玩物，更是无比残忍。那仙界的一僧一道，必是看透世事、仙风道骨的高人；而世间的僧尼们，却和如凤姐阴狠毒辣的人们一道，干着有违佛意，为非作歹的恶事。

凤姐的阴毒，在无人敢告发的情况下，"胆识愈壮，以后有了这样的事，便恣意的作为起来，也不消多记。""不消多记"四字，足以反证凤姐"胆识愈壮"。此种"胆识"，在凤姐本人看来，应该是值得炫耀的"资本"了，而那沾满着被她所迫害的众人的锭锭金银，更是她所私藏的"纪念品"了。

凤姐最值得"回味"的"战绩",应该是她与尤二姐的一场"较量"了。她用甜言蜜语把尤二姐诓进贾府,然后再用借刀杀人之计把尤二姐活活折磨死,更让尤二姐原来的未婚夫张华写状子去控告贾琏。在此事结束之后,为了怕把柄落入别人手中,又让来旺"务将张华治死,方剪草除根,保住自己的名誉"。总之,对于凤姐而言,最重要的,就是她自己的名誉与利益,而别人的幸福和生命则是毫无价值的。所以在她看来,只要她觉得需要,她就可以用任何残忍的手段把无辜的人害死,丝毫不会心软。

软弱的尤二姐碰到阴毒的凤姐,算是《红楼梦》中最不幸的一件事了。这件二"姐"争夫之事,曹雪芹花费了大量的笔墨进行了详细的描写,这足以与黛玉葬花与宝玉挨打等事,并列为红楼故事中最值得回味的经典桥段。与"醋瓮"凤姐相比,尤二姐自然更讨贾琏喜欢。这种喜欢是发自本为浪荡惯了的那颗色心之中最真诚的爱意,以至于贾琏"命鲍二等人不许提三说二的,直以奶奶称之,自己也称奶奶",更"将自己积年所有的梯己,一并搬了与二姐收着,又将凤姐素日之为人行事,枕边衾内尽情告诉了他,只等一死,便接她进去。"可见二姐的为人体贴与善解夫意,是很得贾琏欢喜和信任的。

如果说贾琏与鲍二家的私通,只不过是暗中偷腥,偶解"馋意",那么他对于尤二姐,却是其放荡作风之后,真实情怀的偶然炽现。这样的状态,在凤姐看来,是极其危险的。而当凤姐知道贾琏和尤二姐的事后,原本毫无顾忌的肆意妄为,并没有一开始就表露出来。对于鲍二家的,她可以又打又骂,无所顾忌,因为她知道贾琏不会做出什么威胁她地位的事来;而尤二姐的出现,却是很有可能

第二章 / 情归何处

威胁到她的自身利益的。如果对于尤二姐也采取对鲍二家的泼妇态度，必然会引起贾琏更深的反感，说不定会因此而休了她。所以，凤姐用尽其智慧才能，演出了一番像模像样的好戏。凤姐假意接二姐回贾府，其实正是"请君入瓮"之计，贾府才是凤姐施展"拳脚"的舞台，在贾府，凤姐可以一手遮天。

王熙凤在宁国府里大泼酸醋，而回到荣府却又轻松换了嘴脸，连"合家之人都暗暗的纳罕说：'看他如何这等贤惠起来了？'"阴险的把戏可谓做得滴水不露。凤姐挑拨秋桐，致使尤二姐吞金自杀，而自己却轻松赚得"宽容大度"的好名声，这场戏逼真到连贾琏都信以为真的地步，使贾琏忘了凤姐"醋瓮"的本性。在第七十二回中，凤姐假惺惺地忆起一年前尤二姐吞金而亡之事，说道："我因为想着，后日是尤二姐的周年，我们好了一场，虽不能别的，到底给他上个坟，烧张纸，也是姊妹一场。他虽没留下个男女，也不要前人撒土迷了后人的眼才是。"此一番话，竟然说得贾琏没了话，大叹凤姐"想的周全"，可见凤姐"杀人不见血"的功力是何等之深了。

如果说凤姐虐死尤二姐，是出于她天性善妒的本性与自保其地位的阴险对抗，那么治贾瑞于死地，却是另有原因的。我们还记得凤姐在第十一回那难得的赏景情怀，恰恰是在万般皆为肃杀之气的秋天。"黄花满地，白柳横坡"，景色如此萧索，却又如此让人心醉。此般心醉，岂是那些没有经历多少世事的天真纯情小女儿所能理解得了的。纵然"西风乍紧"，凤姐亦自觉"别有幽情"。这种别样的幽情，又岂是为赋新辞强说愁的青涩少年能体味得尽的。所以少女易怀春，离人善悲秋，并不是古人信手拈来，却实为世事沧桑的精练总结。当凤姐出

倾城憾事

现在此番秋景之中，素日的粗蛮泼辣，变成闲情雅致，玩味秋色，却非曹雪芹闲来之笔，而是另有一番深意。所以，当"猛然从假山石后"走出来的贾瑞一出场，《红楼梦》中凤姐之第一回重头大戏便由此上演了。

凤姐借来杀贾瑞的"剑"，不是深夜摆弄贾瑞的贾蓉、贾蔷，而是贾瑞自己的"淫欲"，因为贾瑞的"淫心"是赤裸裸的表现在外面的，"凤姐儿是个聪明人，见他这个光景，如何不猜透八九分"，而纵然明明知道贾瑞的用心，凤姐却仍然故作迎合之状，使贾瑞一步步走向灭亡。你看那凤姐的言行之中，"假意含笑"、"假意笑道"、"故意的把脚步放迟了些儿"，并"心里暗忖道：'这才是知人知面不知心呢，哪里有这样禽兽的人。他果如此，几时叫他死在我手里，他才知道我的手段！'"说贾瑞"禽兽"，却无意中暗合自己的本质，也是无多少人性的角色。而"知人知面不知心"，却恰恰反衬出了贾瑞的"淫心"是赤裸裸而毫无心机的。虽然这话听起来有些别扭，而贾瑞的这种"毫无心机"却是相对于凤姐的"机关算尽"而言的。而凤姐如此狠心的来源，则是因为自己虽然身为女性，却依旧有着强烈的自尊心。她不能容忍的，是贾瑞明目张胆的精神"侵犯"，若如罗敷之节，班昭之操，对于鲜有德行的凤辣子来说，未免有些强人所难。于是很自然的，凤姐开始了她非要治贾瑞于死地的极端报复。

曹雪芹纵然写尽王熙凤千般阴毒，万种恶事，却仍然将其列入"十二正钗"之中，厌恶怜悯之余，更是一种反思。这种反思，是对于"蛇蝎女子"为何至此的深刻认识。让我们至今唏嘘不已的，是她"枉费了意悬悬半世心，好一似荡悠悠三更梦"。就像给白雪公主毒苹果吃的皇后，不管原本是如何的美丽，只要有一副善妒的心肠，便自然成了无恶不作的巫婆；纵然虐待灰姑娘的继母爱亲生女的母性如何的光辉，只要做了不为别人女儿考虑的事情，便也就成了臭名昭著的后娘。我们都希望看到才貌双全的善良女子嫁给属于自己的白马王子，却从不愿意去反思恶毒女人为何有如此阴险的用心。古今中外，男性之尊压制着女性精神的健康发展，生理上的强势变成了心理上的控制。于是，"没有人疼的"凤姐，在偌大的贾府中所依靠的，只是亲姑妈与昏昏老矣的贾母，而她用尽力气维护的，是自己没有自信的内在柔弱，更多的，也是出于对男性控制的世界的一种过激的反抗意识。

不幸婚姻的牺牲品

就算是贾母身边最有权势的凤姐，毕竟也是嫁了人的。因为嫁了人，纵然骨子里拥有强于男人百倍的精明能干，也还是要懂得为妻之道的。作为媳妇、儿媳妇，孩儿她妈，凤姐做到了所有贤惠女人所能做的一切。作为人妻，纵然凤姐妒心起时那股子酸劲与凶残让人恨得咬牙切齿，可仔细想想，对于所嫁之人的私通行为，又有几个女子能够做到容忍甚至放纵呢？贾母作为一家之主，作为在封建婚姻制度下好不容易熬出头来的女人，在劝凤姐的时候，说了这样一段话："小孩子们年轻，馋嘴猫儿似的，哪里保得住不这么着。从小儿世人都打这么过的。都是我的不是，他多吃了两口酒，又吃起醋来。"知道男人素来吃着碗里的，惦记着锅里的，贾母竟然也替贾琏说了那么两句话。可见古时的媳妇，是需要将此

醋意慢慢自我消解的，待到如凤姐的婆婆邢夫人一般，竟然努力劝着鸳鸯嫁给自己的老公，那时，应该就算是"熬"到头了吧。所以苦了古时的女子，非要让自己生生地咽下那么一口醋意，让自己变得宽容，而这种宽容，对于凤姐这种性情的年轻媳妇来讲，是多么不容易的一件事。

凤姐有的，是对于自己丈夫强烈的占有欲望。古代的男人，身处家庭权力的中心地位，他们可以大娶妻妾，用不着争，只需要考虑好如何能在妻妾间游刃有余，如何能保持家庭平衡，如何能获得最大的性满足就行了。而女性则不同，尽管她们的地位远远低于男性，但在她们的内部，却依然有着高低之别。而处于一家之主的丈夫对她们的不同态度，则能使她们内部之间出现不同地位高低的变化，妻可降为妾，妾可降为婢，婢可随便买卖甚至虐杀；反过来，婢可升为妾，妾可升为妻，因而她们不得不争，不得不妒，不得不悍。在《红楼梦》中，贾琏家的几个女人，就可以看做是分析这种古代变态婚姻制度最鲜明的例证，而身为正室的王熙凤，却早已经成了古代女性在婚姻之中最无奈的悲剧性人物。

因为凤姐这种强烈的占有欲望，所以她对于贾府的那种不良的风气——"我们家的规矩，凡爷们大了，未娶亲之先，都先放两个人伏侍的。"（兴儿语），是极度反对的。"他来了没半年，都寻出不是来，都打发出去了。"而女人这种独占其夫的占有欲望，在古代的社会伦理中，竟然是一种反常现象，就算是平时从不顾忌言行的凤姐，竟然也怕"自己脸上过不去"，可见那种只许男子蓄养妻妾，不许女子独占其夫的观念有着足够压倒一切的强势。

凤姐将她自幼跟随她的丫头，收作"房里人"，一是为了掩人耳目，更重要

第二章/情归何处

的，则是她需要的，是一个"心腹"，一个与其自身利益有关，却又不能威胁到她正室地位的女人。平儿生性正经温和，又不会做"挑妻窝夫的"事情出来，既为心腹，又可解贾琏的嘴馋，凤姐此招可谓一石双鸟之计了。

而就算凤姐觉得自己已经够委曲求全和忍让的了，却也丝毫不能阻碍贾府积年形成的恶俗。所以凤姐干脆露了本性，如何想就如何做，毫不顾忌地实施着自己的报复计划。这样的报复，不尽是报复了男人，更报复了碰了她男人的所有女人。可叹的是，旧时评家对于凤姐的妒忌心理的评论，大多是从古代男子的角度发出的，或言凤姐"窄心肠"、"夜叉"，毫无"人味"，或言"爱的变态"、"虐待狂"，却不知古时婚姻，只有夫休妻之理，哪有妻离夫之路可言呢？

想我当今的女子，面对丈夫的移情，多有两种举动，一则容忍，视而不见，听而不闻，纵容无奈，只求自己的丈夫记得归家。这样的女人只能在痛苦中，慢慢地磨炼着自己的心性，让岁月在自己的脸上刻下沧桑的印痕。她们往往寄情于子女之中，疲惫焦灼，消磨着自怨自艾的时光；二则奋起反击，一纸诉状，劳燕分飞，一拍两散，倒也干净痛快，而内心的伤痛，却如慢性病症一般，不断跳出来抽打着自己本来已经受尽摧残的内心。不论被弃与自弃，离婚对于女人的伤害，永远要比男人大得多。《诗经·卫风·氓》中就有一句无比经典的诗句："于嗟女兮，勿与士耽；士之耽兮，犹可脱也；女之耽兮，不可脱也。"这位可怜的弃妇，在二千多年以前就告诉了我们婚姻中女人的不幸处境：女人们啊，你们千万不要跟男人谈感情。男人陷进去了还可以出来；女人要是陷进去了，那可

是出不来的。可怜凤姐二十多年的强逞英雄，竟然也明白不了这个道理，"机关算尽"，赶的赶、打的打，逼死的逼死，到头来也不过是换得休书一封。凤姐的这种"下场"，可能也正是让男人之大快之事吧。

　　凤姐虽然像男孩子一样被带大，但毕竟不是那种饱读诗书、熟习文墨的才女。王熙凤的名字中，"凤"字，其实为雄鸟之名，而雌鸟实际上是"凰"，所以古曲之中有《凤求凰》，恰是男性追求女性的隐喻。而一女子取名为"凤"恰恰是曹雪芹刻意而为之的，他故意刻画的是一个骨子里有男性气质的女人形象，是故意造成的性别交错。当一个说书人提到有个男人与她同名时，她名中所含的性别交错的性质其实也就被点破了。凤姐不是才女，所嫁之人贾琏也是不懂得欣赏女子才情的纨绔子弟，这倒也是一家子的共性，故而琏二爷不会因为凤姐缺少才情而看不上她。其实贾琏最后的休妻，是凤姐恶行的最终暴露导致的。所以我们虽然看不到曹雪芹后书中凤姐真正被休的原因，但也可以完全想象得出，贾琏休妻之"罪名"无非是"七出"之中的部分甚至是全部。贾琏休妻是"理直气壮"的，这不仅仅是因为素日凤姐毫无"三从四德"可言，更重要的一点，正是"七出"中最严重的一点：无后。

　　身为封建大家族中的长孙媳妇，自然有着传承贾家香火的重要责任。而凤姐体质，在七十二回的时候，我们早就已经心知肚明了。以凤姐的身体状态，已经无法为贾府生出一个长曾孙了。这自然是她咎由自取的恶果，平时不注意保养自己的身体，流于放荡；贾府事无巨细均要亲自过问，耗尽气力。所以面对已经有身孕的尤二姐，凤姐的那种不安全感，更加的强烈。单纯以尤二姐本身的姿色与

第二章 / 情归何处

气质，凤姐相信还是能够让贾琏从二姐的身上游移到别处的，所以秋桐的出现，恰恰合了凤姐的意思。可最怕的，是尤二姐所怀的贾家骨肉，若是女儿，倒也最多与探春无二，当个小姐养着就行；可若是个男孩子，二姐的地位，就很可能从妾室青云直上转为正房了。凤姐不像她的姑姑王夫人，王夫人育有二子，又有一孙，就算赵姨娘为贾政生了贾环，也丝毫不能动摇她在贾府那坚固的地位。凤姐也很清楚地看到了自己与姑姑情况的不同，所以她知道尤二姐怀胎是男是女，对她的身份地位乃至权力而言，都是很重要的。若因此而前景莫测，她岂能甘心，故而她采取了更为隐蔽，更为狠辣的报复方式。

凤姐先唆使二姐原未婚夫状告贾琏，自己假装浑然不知此事，先从道义上陷尤二姐于不忠；又请昏庸太医误诊二姐之病，生生竟将一个已成形的男胎打了下来。凤姐假意难过，"咱们命中无子，好容易有了一个，又遇见这样没本事的大夫。……我或有病，只求尤氏妹子身体大愈，再得怀胎，生一男子，我愿吃长斋念佛。"如此言语之下，隐藏的却是一颗残忍而疯狂报复的内心，实在是可恨而可悲啊！

总体上来讲，王熙凤是能感觉到自己的婚姻是不幸的。这种不幸，大都来自她时刻都感觉不到的安全感。当女人一旦觉得自己所嫁之人是不能给自己带来安全感时，她就会尽一切方法证明自己是安全的。与此同时，她们也会努力向别人证明："没有任何事是能威胁到我的安全的！"王熙凤所嫁之人，是放荡的贵公子哥，骨子里自带的，便是王孙之后的风流本性，可她还是努力向外人证明，我是被贾琏明媒正娶到贾府的正室，是荣府贾母身边毫无质疑的长孙媳妇。

倾城憾事

春之殇——元春、迎春、探春、惜春

有追求和渴望,才有快乐,也有沮丧和失望。经过了沮丧和失望,我们才学会珍惜。你曾经不被人所爱,你才会珍惜那个将来爱你的人。

——张小娴

在贾府的众多小姐中,黛玉为寄居,宝钗为客居,真正从小生活在贾府的,只有那四"春"。这四"春"在曹雪芹的笔下,各自形成了自己独存的个性与思想。"龙生九子,各不成龙",自然这四"春"也是如此。我们可以从她们的言谈举止之中,找到几丝的惆怅,找到几份失落,找到几点扼腕,找到几缕悲哀。而她们身上所挣脱不掉的,却依旧是"薄命"二字。

深宫胭脂泪

还记得那首《团扇诗》吗?"新裂齐纨素,鲜洁如霜雪。裁为合欢扇,团团似明月。出入君怀袖,动摇微风发。常恐秋节至,凉飙夺炎热。弃捐箧笥中,恩

第二章 / 情归何处

情中道绝。"这首诗，是汉代才女班婕妤所做。班婕妤的一生可以看作是古代后宫嫔妃生命历程的一个标本，她在青春妙龄时被选入后宫，为同龄人所羡慕。刚刚踏入后宫的班婕妤，贵宠无比。她获得了无数嫔妃一生梦寐以求却无法实现的宠爱与尊荣。然而在深受汉成帝宠爱的岁月里，班婕妤却常怀忧惧之心，正因为如此，她从不恃宠骄横。她的忧惧不是没有道理的，不久，汉成帝便渐渐疏远了她，开始专宠赵飞燕姐妹。班婕妤对后宫争斗的残酷无情有着更加深刻的认识，她主动请求到长信宫去供养太后，意图远离那是是非非的宫闱争斗。

　　元春因"贤孝才德"选入宫中，起初掌管王后的礼职，充任女史，不久被封为凤藻宫尚书，加封贤德妃。她的贤德，是她在宫禁之中驯顺地熬过了勾心斗角的女人之争后，所显示出的"德"，是男权社会之中最典型的温顺女人。不知道元春是否知道《团扇诗》的典故，若知道，她一定是自怜又自怨的。这个"崇尚节俭，天性恶繁悦朴"的女性，为了自己的家族成为了一件最美好的"政治祭祀品"，并几乎为此牺牲了自己的一切。

　　元春无疑是有苦难诉的，因为家人离她太远，他们非但不了解她的痛苦，还享受着用她的不幸命运所带来的"烈火烹油、鲜花着锦之盛"的光宗耀祖的生活。也许在省亲之时，只有贾母、王夫人所留下的泪才是些许体谅她的思女之泪，可这也丝毫无法抵销掉她加封为妃之后族人的得意之色。而元春，却也只有在那次省亲之中，向母亲哭诉着那个"不得见人的去处"。在曹雪芹看来，元春被选为皇妃，虽然是"喜"又是"福"，但其实却暗藏着"悲"亦有"祸"。皇恩浩荡，却筑起了一堵隔断了天伦之乐的厚实之雪墙。元春在省亲

时叹道:

"田舍之家,虽齑盐布帛,终能聚天伦之乐;今虽富贵已极,食肉各方,然终无意趣。"

后宫佳丽三千,能够获得皇上赏识宠幸的能有几人?即使获得宠爱又有多少年的风光可指呢?对于元春而言,如果这辈子可以再做选择的话,她还是希望能生活在小小的家庭之中,不必守着冰冷的皇宫终其一生。

虽然贾元春在书中出场不多,但她既是贾府的政治靠山,也是封建家族制造的"金玉良缘"婚姻的支持者。她在一次赏赐礼物给众人的时候,唯独给宝玉与宝钗的相同。这就显示了她在宝玉择偶问题上的倾向。因为她的婚姻始于政治,那么在她的观念之中,婚姻也一定要与一个家族的最大利益挂上钩。所以,她看上的,是一心效仿于她的宝钗,而不可能是追求自由恋爱的黛玉。她深知自己的婚姻生活带有太明显的目的性,所以她所认为的,是一切婚姻皆出于利。她无法体会到何谓真正的两情相悦,她只有依靠自己的乖巧与符合着男权社会一切道德要求的本分,去过那在别人看来极其幸运的深宫生活。

对于早已不在皇权与一夫多妻之下生存的现代女性,还是同样倾心于那些富贵奢华的豪门之家。多少女子聪明算尽,费尽力气进入大富之家,却极少能保全自己健康而安乐的状态。元春自然不是"灰姑娘",可是女人之中有多少人想当进入"皇宫"的"灰姑娘",在香车宝马的簇拥之下,过着让人羡慕嫉妒恨的奢华日子呢?自然无法统计,却可以在一些婚恋游戏之中窥得一斑?其实那些女子心知肚明将要面对的困难与危险是什么,却宁愿粉身碎骨去争取。然而,事情真

第二章/情归何处

的能如我们那从小便深印在脑海之中的幸福迷梦般美好吗？这一点，怕是只有过来人才能体会吧。

当绵羊遇到恶狼

贾府里的二小姐迎春是贾赦之女，贾琏的同父异母的妹妹。第三回写她的外貌时，曾做下述描写：

"肌肤微丰，合中身材，腮凝新荔，鼻腻鹅脂，温柔沉默，观之可亲。"

如此刻画，想来迎春也是一个可人的大家闺秀了。可是她的性格却是既懦弱又无能的，正如兴儿所说"二姑娘的浑名是'二木头'，戳一针也不知嗳哟一声"。身为庶出的女儿，她自然明白自己是不比正室儿女有主子的底气的。所以当她得知她的攒珠垒丝金凤首饰被下人拿去赌钱，也不追究，别人设法要替她追回，她却说："宁可没有了，又何必生气。"她无法劝止丫头的委屈抱怨，却只是"自拿了一本《太上感应篇》去看。"

迎春不如同为庶出的探春会做人，她不懂得用小恩小惠打点下人，所以就连厨房里的婆娘都敢欺负她，后来才引出司棋带着一班小丫头大闹厨房之事。她的性格之中的消极与无为，不只是与她的身世紧密相连，而更多的，是她身为弱者而自甘认命地不做任何合理的抗争。她认为自己是弱者，所以她觉得连自己都保护不好，更无力保护她的丫头们。迎春在司棋一事之中所做出的"绝情"之举，不能完全怪罪于她的无情无义，而只能说是一种自认软弱的顺从认命。

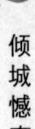

现在应该说说迎春的"无情"了。她的性情之中,倒带着几分道家的处世之道,既不妒忌人家的才能,也不懊悔自己的短智。她喜怒不常显于色,不是大家小姐的故作矜持,而更多的是本性之中对任何事情均以"恬淡"处之的态度。什么记仇、报复、促狭等等想法,在她的头脑之中根本就没有萌生过。迎春的懦弱是完全后天形成的,邢夫人不是她的娘,所以自然不会替她撑腰主持公道。她无法在父母之中得到保全,所以更加认为自己是一个天生的弱者。那么道家的诸多观念,必是最符合她心意的了——"不自见故明,不自是故彰,不自伐故有功,不自矜故长。夫唯不争,故天下莫能与之争。"迎春是单纯的,她只是认为自己主动服软不去争,自然什么事都与她无关。既无关系,她就能在这个复杂的大家族中求得一丝喘息的生机。

这个内柔外顺的荣府大小姐,她的婚姻将给她带来如何悲惨的结局,我们其实是不用知道过程便能够想象得出的。那孙绍祖"生得相貌魁梧,体格健壮,弓马娴熟,应酬权变,年纪未满三十,且又家资饶富,现在兵部候缺题升。"贾赦觉得"人品、家当都相称合,遂青目择为东床娇婿"。可贾赦是何等人品,能与他臭味相投的人品,又能好到哪里去呢?故而过门之后,借迎春的奶娘之言说起孙绍祖甚属不端:"姑娘惟有背地里淌眼抹泪的,只要接了来家散诞两日。"回家之后,迎春哭哭啼啼地向王夫人诉苦:

"说孙绍祖'一味好色,好赌酗酒,家中所有的媳妇、丫头将及淫遍。略劝过两三次,便骂我是'醋汁子老婆拧出来的'。又说老爷曾收着他五千银子,不该使了他的。如今他来要了两三次不得,他便指着我的脸说道:'你别和我充夫人娘子，你老子使了我五千银子，把你准折卖给我的。好不好，打一顿撵在下房里睡去。……'"

把自己的亲生姑娘当还债资产，这恐怕只有昏庸的贾赦之流才能做得出来。可是我们对于迎春的婚事，却产生不了太多的同情。因为她并没有为自己的命运奋斗过、尽力过，所以我们在她的婚姻不幸之中，只能是给她以叹息。苛求她的温顺懦弱个性对"父母之命"之下的婚姻进行反抗，可能有些难为这个女孩子了，可至少也应该做出个有点点骨气的样子出来，那也不一定会落到人见不怜的遗憾境地。

固然，人的个性是不同的。当面对自己的合理权利与立场受到强迫甚至出现威胁之时，有些人好强奋起抗争，有些人软弱步步退让。人的性格有天生的成分亦有后天的生活经验而形成的，我们只是希望"善有善报，恶有恶报"，却时常失望地在诸如迎春般的女人身上看不到任何善良的回报。其实在世事之中，善恶之报有些时候只是我们的一厢情愿，对于不幸的遭遇，不管是性情刚烈亦或温柔，其实都逃脱不了悲惨的结局。曹雪芹用一个无情的事实告诉我们，古代女子的艰难处境，而对于我们当今的女子，唯一能够摆脱家暴、维护自己合法权利的方式，则是诉之法律，让清官去断家务事，借他人手中的正义力量，为自己的不幸谋得几分生机与尊严吧。

失了花期的刺玫

花开皆有期，过了花期方迟迟绽放，怕只有霜打露摧，西风更残之的下场。

贾府的三小姐，诨名"玫瑰花"，虽然同为庶出，可她在思想性格上，与同为庶出的姊姊迎春形成了鲜明的对照。

在林黛玉初进贾府之时，曹雪芹用了区区数语形容了探春的外貌与神情："削肩细腰，长挑身材，鸭蛋脸面，俊眼修眉，顾盼神飞，文彩精华，见之忘俗。"曹雪芹对于探春的描写，在四"春"之中是着墨最多的，于是这也便使探春形成了情感最为丰富、个性最为突出的贾府大小姐。

探春若身为男儿，必将是一个精明能干的治国能手，连她自己都说："我但凡是个男人，可以出得去，我早早走了，立一番事业，那时自有我一番道理。"可惜她身为女儿，纵然才情满腹可比黛玉，精明能干不下凤姐，只因是女儿，便无法出得深宅幽墙之外，只能独自叹惋。她处事、治家的能力与凤姐相比是不分上下的，两人皆有才干，都可谓理家能手，但两个人的"境界"却不同：探春关注的是整个家族的命运，而凤姐主要是为了一己之私利；探春理家有理念，有危机感，有忧患意识，而凤姐全靠随机应变，唯以讨好贾母为主，充满市俗气。

凤姐是如何赞扬她的："好，好，好，好个三姑娘！我说他不错。只可惜他命薄，没托生在太太肚里。"可见探春生不逢时的慨叹，绝非单纯因身为女儿一点，更重要的是她非常在意的庶出身份。

宗法社会，阶级分明，世家礼教，严谨异常，探春自幼在王夫人身边长大，对于其亲生母亲赵姨娘，恨多于爱，憾多于幸。"谁不知道我是姨娘养的？必要过两三个月寻出由头来，彻底来翻腾一阵，生怕人不知道，故意的表白表白。也不知道是谁给谁没脸？"从这几句话，我们可以洞悉探春的整个心思，她不但以

第二章 / 情归何处

庶出为憾，更是不甘于这样的庶出地位的。探春的爱情，书中几乎无表，而对于探春的亲情世界，曹雪芹是刻画得相当细致的。明明自己有亲母，却一心维护王夫人的利益；明明自己有胞弟，却天天与宝玉之处厮混；明明自己的亲舅舅没了，探春竟然毫无感觉，大言"谁是我舅舅？我舅舅年下才升了九省检点，那里又跑出个舅舅来？"

如此女儿，真让人觉得到心生寒意。可是我们要想到的是，这种寒意，不仅仅是单纯因为她对于封建礼制的主动迎合，其实更多的，是一种心里的自我暗示与行为上的刻意为之。她是痛苦的，痛苦在于自己的命薄福薄，若不主动争取，必然会如二姐迎春般在整个府内上下不招待见。所以她如果想立稳自己的脚跟，必须要强迫自己与亲生母亲划清界限。从书中探春的言行来看，我们可以见到一个饱受精神痛苦的探春，她无法面对母亲控诉她"如今没有长羽毛，就忘了根本，只拣高枝儿飞去了！"探春没听完，"已气的脸白气噎，抽抽咽咽的"哭起来了。赵姨娘的话，说到了探春最为敏感的痛处，之所以反应会如此之强烈，又何尝不是因为自己内心难以向人倾诉的苦闷与委屈呢？

适逢待嫁的探春或许是一个好贤内助，因为她会把家里治得妥妥当当，可是在一个时时处处都强调男权的时代，才自精明志自高的女人，必然会受到多重的打压。而探春远嫁，的确如断线的风筝一般有去无归。也许对于贾府来讲，只不过是少了一个可有可无的庶出三姑娘，而对于探春自己而言，却是彻底与自己之前的生活来了个决裂。这种决裂，是义无返顾的，所以说："奴去也，莫牵连。""莫牵连"三字，看起来好冷淡，听起来好残酷。虽然在四"春"之中，

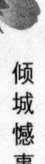

探春远嫁的命运算是最好的,却依旧无法掩盖这朵没有盛开在花期的刺玫瑰过早香消玉殒的悲惨现实。

无义无情"冰"美人

惜春是贾府四春中年龄最小的一个,她是贾敬之女,贾珍之妹,母亲早死,父亲又出家修道,所以她留在贾母身边,同三个姊妹在一起。她从小就失去了父母的爱护,是一个命苦的"小姐"。第三回通过黛玉的眼睛写她"身量未足,形容尚小"。可见当时的惜春,只是一个不经世事的女童,并没有形成自己独有的人生观。

可是纵然如此,也不能说她自幼便与佛家结缘,与智能儿玩也只能简单地看做是年龄相仿,玩心投意罢了。因为她的哥哥姐姐比起她来早已略懂人事,可称为"少年",只有她一人尚处于儿童阶段。就连她说的:"我这里正和智能儿说,我明儿也剃了头,同她作姑子去呢,可巧又送了花儿来;若剃了头,可把这花戴在那里?"也不过是孩子般的玩笑话,不能过多加以演绎。

我们看着贾府中这些姑娘少爷们长大,从书外慨叹贾府的成败兴衰,那么我们也应该能够想象得到,一个正在成长的女儿,在这样的家庭里慢慢懂事,慢慢成熟,必然会对她的性格造成很大的影响。那么,惜春看似无情的性格,到底是如何形成的呢?

我们且看惜春的父母,是在宁府那边,父亲炼丹修行,不闻俗事,更不可

第二章 / 情归何处

能在乎自己儿女的各类事情,故而贾珍才可能将"整个宁府翻了过来",而对于从小便无母爱的惜春来讲,亲情已经是一种遥远而不可亲身经历的感觉了。人的感情之中,最大的莫过于亲情。对于亲情毫无所知的惜春,在偌大的贾府之中,找到一个可以依靠的成年人,都是一件非常艰难的事情。那么友情呢?看看和惜春为友的,最好的竟然是妙玉这个出家之女子。那么,对于一个渐渐懂事的女孩子,太多的接触佛家思想,必然会在她的心灵中生成许多消极避世,甚至是无情绝义的思想,并深深影响着她的言行。

于是我们在抄捡大观园中,看到了一个咬定牙关,麻木不仁的"心冷口冷的人":凤姐、王善保家的一行人到了惜春那儿,在她的丫鬟入画的箱子里发现了"违禁品"。其实不过是贾珍赏给入画哥哥的一些东西,包括一大包金银锞子,一副玉带板子,一包男人的靴袜而已。惜春开始是"吓的不知当有什么事故",放手让来人搜查。接着,在她的丫鬟入画的箱子里发现了"违禁品"。惜春见此,更加害怕,便说:"我竟不知道。这还了得!二嫂子,你要打他,好歹带他出去打罢,我听不惯的。"惜春急于把入画交出去的心情甚至使来抄捡的凤姐都觉得有点儿可笑,如果真是贾珍赏给入画哥哥的东西,虽然也犯了贾府的规矩,又有什么大不了的呢?凤姐说:"这话若果是真呢,也倒可恕","素日我看他还好。谁没一个错……"惜春不但不要入画,而且还扬言宁国府那边也不去了,因为她"每每风闻得有人背地里议论多少不堪的闲话"。惜春说得十分明确:"我只知道保得住我就够了,不管你们去。从此以后,你们有事,别累我。"惜春承认自己心狠,但她有她的理由:"不作狠心人,难得自了汉。"

而最重要的一点,则是出现在曹雪芹对她的那一首判词:"将那三春看破,桃红柳绿待如何?"当惜春逐渐懂事的时候,周围所接触到的多是贾府已趋衰败的景象。四大家族的没落命运,三个姐姐的不幸结局,使她为自己的未来担忧,现实的一切既然对她失去了吸引力,她便产生了弃世的念头。主观上,这是由环境造成的她那种毫不关心他人的孤僻冷漠性格,这是典型的利己主义的表现。所以,当贾府一败涂地的时候,入庵为尼便是她逃避统治阶级内部倾轧保全自己的必然道路。

四"春"对于人生的态度是不同的,元春与探春是积极而主动迎合的;迎春与惜春是消极与避让自保的。其实人们在面对命运难测的社会,或积极或消极,又何尝不是非儒即道,非道即佛呢?儒释道三家在我们传统文化之中绵延了两千余年,深深影响着我们的人生观与世界观。而对于诸多女儿们来讲,过度受此三家影响都是不够精明的处世之法。对于自己的感情安于天命,泰然处之,自然不失中国传统女性的隐忍与温顺。而对于现代的女性来讲,最重要的,却是需要有自己独立的立于世的原则与乐观积极的人生态度。我们毕竟早已经能在天地之间与众男儿争得一己之权利,何不让我们珍惜这来之不易的机会,用合理而有效的方法,去乐观地面对那万事未卜的明天呢?

只恐夜深花睡去——史湘云

清樽细雨不知愁，鹤引遥空凤下楼；红烛恍如花月夜，绿窗还似木兰舟。曲中杨柳齐舒眼，诗里芙蓉亦并头；今夕梅魂共谁语？任他疏影蘸寒流。

——柳如是

如果问大观园众女子当中，哪一个最受现在的男孩子喜欢，估计不是黛玉，也不是宝钗，而是性情豪放又充满灵性的史湘云。张爱玲曾如此评论史湘云："欣赏红楼梦，最基本最普及的方式是偏爱书中某一个少女。像选美大会一样，内中要数湘云的呼声最高。也许有人认为是近代人喜欢活泼的女孩子。贤妻良母型的宝钗与身心都病态的黛玉都落伍了。其实自有红楼梦以来，大概就是湘云最孚众望。"史湘云就像邻家的小妹妹一样，是那么的招人怜爱。

史湘云虽然出身名门望族，但她的身世在众多大家小姐之中，也是很悲惨的，可与黛玉相比。她从小失去了父母，由亲戚抚养，所以其实那"金陵世勋史侯家"的富贵，对她来说，也没有什么用处。然而与同样失去父母的黛玉相比，她却没有因幼年的这种悲凉的人生遭遇而整日悲悲切切，而是对生活抱着很乐观

的态度。她像一块刚刚现世的璞玉一般,发散着一种最自然的光芒,我们在前八十回中,几乎无法在她身上找出任何伪态。她太过于天真烂漫,对人生充满着信心与幻想。客观来讲,史湘云虽然身为侯门小姐,但在她的家中所过的,并不是侯门小姐过的生活:

"你这么个明白人,怎么一时半刻的就不会体谅人情。我近来看着云丫头的神情,再凤里言、凤里语的听起来,那云丫头在家里竟一点儿作不得主。他们家嫌费用大,竟不用那些针线上的人。差不多的东西,都是他们娘儿们动手。为什么这几次他来了,他和我说话儿,见没人在跟前,他就说家里累的很。我再问他两句家常过日子的话,他就连眼圈儿都红了,口里含含糊糊待说不说的。想其形景来,自然从小儿没爹娘的苦。"

只有到贾府做客时,史湘云才能享受到真正侯门小姐的待遇。因此,她每次都舍不得离开贾府,临走时,必定再三嘱咐宝玉,要宝玉时常提示贾母接她回来。由此,我们可以想象得到,这位活泼的少女,亦有一份潜在的悲哀吧。

可偏偏是这样一位女孩子,虽然命运是不幸的,却什么事都能看得很开,她把降临到她身上的一切不幸,都归纳到遥不可知的命运头上。她从不像黛玉一般,多愁善感,见花落泪,见景伤情;她恰恰相反,心直口快,开朗爽快,又带有儿童般的淘气与任性,不大注意细节。最能体现这一点的,当属在大观园夜宴的时候,发生的那个小插曲了:

"凤姐笑道:'这个孩子扮上,活像一个人,你们再看不出来。'宝钗心里也知道,便只一笑,不肯说,宝玉也猜着了,亦不敢说。史湘云接着笑道:'倒像

第二章 / 情归何处

林妹妹的模样儿。'宝玉听了,忙把湘云瞅了一眼,使了个眼色。"

在敏感善猜疑的林黛玉面前如此不顾前后,爱得罪人,倒也体现了她表里如一,稚嫩纯真的特点了。宝钗太过于懂事,而黛玉又太过于不懂事。一个人太懂事了,便失去了她那女儿般应备的纯真与自然,易流于世俗的虚假之中。但如果太不懂事,又无疑会给自己空添太多烦恼。湘云呢,介乎在懂事与不懂事之间,所以,在大观园中,史湘云既无视高低贵贱,又不拘于男女之别。她在与别人的交往过程中,一片自然的本色,少了宝钗的那种明白大是大非,识大礼大节的认知;又无黛玉的那种叹花谢花飞,悲人散人亡的落寞。

我们在前八十回中看到,对史湘云外貌上的描写,没有其他女儿般详细,我们只能在曹雪芹似乎不经意的一斑一叶之中,看到如此美丽的少女:

"湘云仍往黛玉房中安歇。……那黛玉严严密密裹着一幅杏子红绫被,安稳合目而睡。那史湘云却把一把青丝拖于枕畔,被只齐胸,一弯雪白的膀子掠于被外,又带着两个金镯子。"

要知道,史湘云让人记忆深刻的,正是此处与芍药花下醉卧的两眼啊!如此不拘小节,甚至有些不修边幅,真让人觉得无比可爱。红楼女儿,生得美丽者太多了,可是生命旺盛的却少之又少,一大半病病快快的。黛玉从会吃饭起就吃药,宝钗自打胎落就带了一股"热毒",凤姐更是表面刚强,实则死撑。而湘云却不是这样,她是众多女儿中最健康的一个,她体健貌端,割腥啖膻,烧烤鹿肉,全不当一回事。就连喝醉了酒,枕着芍药花在石头上露宿,也没有见她受半点风寒,身体素质可谓一级的优秀了。

我们经常看到的湘云,是在于她的女儿般的妩媚之上所夹杂的风流倜傥的晋人风骨。她在穿着上也总是喜欢男装。记得那宝钗曾经的话吗?

"他穿衣裳还更爱穿别人的衣裳。可记得旧年三四月里,他在这里住着,把宝兄弟的袍子穿上,靴子也穿上,额子也勒上,猛一瞧倒像是宝兄弟,就是多两个坠子。他站在那椅子背后,哄的老太太只是叫:'宝玉,你过来,仔细那上头挂的灯穗子招下灰来,迷了眼。'他只是笑,也不过去。后来大家撑不住笑了,老太太才笑了,说'倒扮上男人好看了'。"

借宝钗之口,把一个单纯而豪爽的湘云表现得如此生动。亦有那一次下大雪,她的打扮就与众不同:身穿里外发烧的大褂子,头上戴着大红猩猩的昭君套,又围着大貂鼠凤领。无怪乎黛玉笑她道:"你们瞧瞧,孙行者来了。"可以这样讲,史湘云爱男装的性格之中,是女子的锦心绣口和男子的疏朗大方的完美结合。

其实,史湘云的那种健康不仅仅是身体上的,更是心灵上的一种健全。如她那样的身世与处境,作者其实更强调的是她保持了遗传基因中带的某种性格因素:"幸生来,英豪阔大宽宏量,从未将儿女私情略萦心上。好一似,霁月光风耀玉堂。"在《红楼梦》里,似乎没有见过湘云真正发过什么愁,总是乐观而豁达。宝钗虽然识大体又善施小惠,但人事的轻重在她的行事中是绝对清晰的;黛玉虽为封建社会的叛逆者,但封建社会的等级制度,在她的心中也是泾渭分明的。而湘云就不是这样,她会将自己带来的小礼物一样样地亲自送到那几个小丫鬟们的手中,连丫鬟们都知道她送的东西其实在贾府中"算不得什么",可是

第二章 / 情归何处

难得的是她那份心。在第三十一回中,湘云特意给平儿、袭人、鸳鸯与金钏四个丫头带来虎纹戒指,可见其用心之细、情意之密。她把她们当成一起玩闹的好伙伴,好姐妹。她不会像其他的小姐们那样,将所接触到的人分为几等。在史湘云的思想中,那种主子下人的观念是最轻的。对上她不惧怕不媚俗,对下她不嘲笑不欺负。这在大观园的群芳之中也是独一无二的。

同样身处于"风刀霜剑严相逼"的不幸环境下,湘云把这样的事单纯地交给了命运,而自己却依旧对生活充满了激情与热爱。旧时人常常评价她颇有"魏晋风骨"。虽然在她的生活经历中,那"悲"字如巨大的恶魔时不时地露出头来缠绕在这位可爱的少女的心头,可她主观上的乐观与豁达,却让自己的人生一下子变得光亮起来。而这样的人生态度,却恰恰是正常人的正常心态。或许可以换句话说,如果说宝钗与黛玉所体现的是或冰或冷的自我涅槃与自我哀叹;迎春与探春所体现的是或呆或恨的刻意逃避与刻意迎合;那么湘云身上所体现的,恰恰是一种如邻家女儿般的感觉。这样的感觉不是可远观而不可亲近,不是可敬佩而不可同生,是如一阵给毫无人情味的冷漠"仙境"吹来的世俗暖流,更如一盆给十足铜臭气息的富贵门庭泼下的救命甘霖。

可以说史湘云对于自身不幸的悲惨没有如黛玉般冷静的认识与反思,她甚至带有一种未更世事的单纯与任性,与宝玉一样,她有着一颗明朗的童心,其实这也反映了曹雪芹对于魏晋风骨的欣赏,更有着他对于人性的美好憧憬。虽然她也曾说过诸如"如今大了,你就不愿读书去考举人、进士的,也该常会会这些为官做宰的人们,谈谈讲讲学些仕途经济的学问,也好将来应酬世务,日后也有个

-97-

朋友"之类的"混帐话",可给我们的感觉,并不如宝钗那样一味苛求与世故深沉。她说这些,也只不过是如鹦鹉学舌般的直言快语罢了,绝非是湘云自己的真实想法。

　　这个女子更让我们觉得她不俗的,更是她那超逸的才情和诗思的敏捷。且不论那"寒塘渡鹤影"与"冷月葬花魂"的经典之联。只是说那芦雪庵联句吧。每次诗社赛诗,湘云的诗来得最快,也来得最多:咏白海棠时,她来迟了,在别人几乎将海棠之意蕴做绝的情况下,竟然一连做出两首诗来,而这两首诗竟不同凡响,另有意趣。由于她吃了鹿肉,饮了暖酒,便诗兴大发,诗联得既多又好,出现了薛宝琴、宝钗和黛玉三人共战湘云的精彩情节。

　　虽然对于史湘云最后归宿问题的探索说,有多种多样的说法。可是无法避免的一点就是,史湘云纵然再乐观而豁达,也无法摆脱自己的不幸命运所带来的红颜之命薄。还记得在咏白海棠诗中她说的那一句"也宜墙角也宜盆"吗?曹雪芹是希望她有着很强的适应能力的。纵然是自幼孤苦,表面富贵实则贫窘交集,她却能够发出"傲世也因同气味,看来唯有我知音"的高贵之气的。那么,纵然是薄命,我们难道非要细究她因何事而薄命吗?"沦落风尘"、"离婚再嫁"、"终身不嫁"、"与夫离绝"……一句句冰冷而理智的分析,将这个非仙草亦非金玉的苦命少女,推向了曹雪芹本不愿意明言的厄运之中。可我们总是要看一个人物是如何离场的,就像我们总期待着电视剧会有最后一集一样。当我们知道了湘云的薄命的结果是避免不了的时候,我们便开始追寻着那些"草蛇灰线"一步步地勾画着湘云悲惨的故事。我们总是希望故事的结局是圆满而美好的,可当我

第二章 / 情归何处

们知道了故事的结局不如我们所愿的时候,似乎我们能够做到的,只有如何将不幸变得更加不幸,方能"追寻"到曹雪芹那深藏在一颦一笑的本意吧?

没有人会细问灰姑娘和王子以后的生活是怎样幸福的,因为幸福者有太过于雷同的幸福。却有很多人愿意揣测不幸者是怎么样不幸的,是因为不幸者有着千种万般的不幸。而故事总是要新、奇、怪才能吸引人的眼光。我们似乎已经习惯抱着一种看客的心态,在这部残稿中细细追察着种种细枝末节,却很容易迷失掉看《红楼梦》这部书的初衷:我们要慨叹的,不是众多女儿具体因为什么而有了各自的不幸,而是"千红一哭"、"万艳同悲"的终归薄命啊。

女儿一世,被众多规矩束缚着,进退由不得自己。社会为女儿家制定那么多的规矩,太过于认同,被说成如宝钗般圆滑世故,失去女儿的纯真;太过于不认同,又被说成如黛玉般自怨自艾,失去了女儿的舒坦;太过于沉默,又被说成如迎春般故作冷漠,失去了女儿的温情;太过豪放,又被说成如三姐般惊世骇俗,失去了女儿的内敛……那么不如学学史湘云吧。

做一个真正的性情中人,对于女人来讲也未必不是一件好事。史湘云身上有着传统女性无法做到的英气豪情,更有着没有被厄运抹杀掉的真诚善良。曹雪芹无疑是偏爱史大姑娘的。他让她有一个健康的身体,健全的心理;他让她有一副柔美的外表,多才的内在;他让她在宝钗与黛玉的极端性情中自由自在地快乐着;他让她在富贵与贫苦的极度反差中无怨无悔地乐观着。还记得龚自珍写的《病梅馆记》吗?那些人"斫其正,养其旁条,删其密,夭其稚枝,锄其直,遏其生气,以求重价,而江浙之梅皆病"。大观园里很多女子的身心都是病态的,

这种病态不论是自我认同,还是他人强迫,都将这些女子弄得如病梅一般,纵然宝玉有"疗梅"之心,却怎奈其一人之力,纵然"多情",亦无药可救,只是眼睁睁地看着一个个病梅萎靡着,枯死着,自己却回天乏术。而好在湘云的身心都是极度舒展着的,就像一株时时散发着勃勃生气的幼梅,她不会如旧时女儿一般,自己便将自己的小脚努力裹得更紧更疼,也不会将自己交付于花落花开间暗自地愁苦,她只想开心地活着,"你们知道什么,'是真名士自风流',你们都是假清高,最可厌的。我这会子腥膻大口大嚼,回来却是锦心绣口。"

好一个"真名士自风流"的睡美人!

第二章 / 情归何处

揉碎桃花红满地——尤三姐

青涩的女子,面对心仪的男子,会努力装得"复杂",她用神秘感引他一探究竟。聪明的女人,面对心爱的男人,会变得"简单",她明白了用爱还原最真实的本我。

——苏岑

《红楼梦》一书很少写大观园之外的人物,提及最多的两家子,一个应该算是刘姥姥一家;另外的一家,就应该是尤氏的那门子亲戚了。而关于尤氏的这家的女子,曹雪芹所描写叙述之详细,脾气性情之典型,不下于描写贾府内部诸女性形象。在尤氏三姐妹之中,让人最为扼腕慨叹的,依旧是那刚烈泼辣的尤三姐。

追述到尤三姐的身世,可以说是很不幸的。生而孤贫,跟随着母亲寄人篱下。她与尤氏既不同父,也不同母,却因尤氏的那一层尴尬的姻亲关系,来到了宁国府。所以在贾府的人眼中,她们根本就算不上是什么亲戚。特别是在贾珍、贾蓉等浪荡子弟看来,尤氏姐们就像两朵开在山野之间的娇艳妩媚的花儿般,是

尝"鲜"的最佳对象,哪有什么礼数可遵的?尤家的生活全要靠贾府接济,所以尤二姐、三姐对于贾珍等男人的垂涎之态,是无法公然反抗的,而这两位女子的不同性情,也导致了她们在一方面纵容着他们的调戏与摆布,一方面产生了不同的认知与行为。

相对于尤二姐的一心想进贾府当人上人的乐在其中,尤三姐有着自己的主见与对抗"策略":她对于女性在社会中的不利地位,有着清醒的认识,可以说她有了一种追求女性独立与尊严的自我要求。可是,她无法将鄙夷贾珍、贾蓉等人的态度表面化,只有一方面忍辱负重,假颜欢笑,另一方面却刻意保持着距离。尽管如此,尤三姐在言谈之间还是掩饰不住嫌恶:"贾蓉只管信口开河,胡言乱语,三姐儿沉下脸,早下炕进屋里,叫醒尤老娘。""那三姐却只是淡淡相对……""那三姐虽向来也和贾珍偶有戏言,但不似她姐姐那样随和儿。所以贾珍虽有垂涎之意,却也不肯造次了。"如此一来,尤三姐性情之中的刚烈之状,便可以窥得一斑了。

我们喜欢把泼辣豪放的女子称为一朵带刺的"玫瑰",尤三姐就是这样的一只火辣辣的玫瑰花,让贾珍等人"垂涎落魄,欲近不能,欲远不舍,迷离颠倒"。尤三姐无疑是聪明的,她深知道自己的地位与能力是无法抵抗贾珍父子的调戏,却又极度鄙视尤二姐的温顺与"天真",幻想能明正言顺地进入贾府当侧室,她指责尤二姐道:

"姐姐糊涂。咱们金玉一般的人,白叫这两个现世宝玷污了去,也算无能。而且他家有一个极利害的女人,如今瞒着他不知,咱们方安。倘或一日他知道了,岂有干休之理,势必有一场大闹,不知谁生谁死。趁如今我不拿他们取乐作践,准折到那时,白落个臭名,后悔不及。"

在贾府这么一个肮脏混乱的地方,尤三姐所自持的那一丝半点的尊严,是无法被容下的。她们已经成为了宁国府男人们的玩偶,任其摆布,她们在那些男人眼中,不过是几粒可以轻轻拭去的微尘,一旦厌烦,便可随意丢弃。尤三姐不是没有试着容忍过,也不是没有试着逃避,可当她发现容忍与逃避都无法逃开他们的魔掌之时,她那刚烈的性情,终于如火山一般喷薄,爆发出了无穷的独特魅力。如果花中"月季"是那温柔和顺的尤二姐,那么作为玫瑰的三姐,不可能如月季般任人摆布,因为她知道身上的刺一旦被人剪去,便注定逃不开被玩弄的宿命。所以三姐的刺必将展开它所应尽的"责任",去保护着自己不轻易受到无耻之徒的玷污。于是,尤三姐反击了,她胸中所努力压抑的屈辱与不满如洪水般喷涌而出,对着贾琏等人一顿控诉:

"你不用和我花马吊嘴的,咱们清水下杂面,你吃我也见。见提着影戏人子上场,好歹别戳破这层纸儿。你别油蒙了心,打谅我们不知道你府上的事。这会子花了几个臭钱,你们哥儿俩拿着我们姐儿两个权当粉头来取乐儿,你们就打错了算盘了。"

就算是鸳鸯抗婚,也没能把这话说得如此直白赤裸,唇舌似剑,刺破了他们冠冕堂皇的外衣,露出了他们的兽性;厉言如鞭,抽打着他们无耻肮脏的灵魂,扒开了他们的臭皮囊。尤三姐为了自己最后一点尊严和骨气,把贾珍与贾琏等人骂得体无完肤。

《红楼梦》之中的女性反抗男权,有不同的方式。有的以死相逼;有的看破

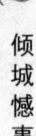

红尘。而尤三姐的反抗,则走上了与其他女子不同的道路。我们暂且放下对她的做法那高高在上的道德批判,用心去体谅这柔弱女子的惊鸿之举吧。

一个没有良好家庭背景、没有贵族的社会地位的柔弱女子,报复的工具也只能是她最原始的资本了。尤三姐知道自己的姿色,所以她充分利用起自己的那份美艳与动人,用此来报复那些垂涎于她的好色男人:

"这尤三姐松松挽着头发,大红袄子半掩半开,露着葱绿抹胸,一痕雪脯。底下绿裤红鞋,一对金莲或敲或并,没半刻斯文。两个坠子却似打秋千一般,灯光之下,越显得柳眉笼翠雾,檀口点丹砂。本是一双秋水眼,再吃了酒,又添了饧涩淫浪,不独将她二姐压倒,据珍、琏评去,所见过的上下贵贱若干女子,皆未有此绰约风流者。"

莫说是见惯了众女子美态的贾珍、贾琏等男人,就连我等女辈,见曹雪芹如此描写形容尤三姐此等形状,都要"羡慕嫉妒恨"一把了。尤三姐的美是真实的,不像宝钗与黛玉美的那么不食人间烟火,美得那么抽象高洁。她的倾城美貌如同身边那透着晶莹露珠儿的玫瑰花,欲摘下一朵,却无法下手。"弟兄两个竟全然无一点别识别见,连口中一句响亮话都没了",纵然把宁府上下翻倒过来,纵然家有骄横野蛮的妒妇,在尤三姐如此"色诱"之下,彻底吃了败仗。"那尤三姐天天挑拣吃穿。打了银的,又要金的。有了珠子,又要宝石。吃着肥鹅,又宰肥鸭。或不趁心,连桌一推。衣裳不如意,不论绫缎新整,便用剪刀剪碎,撕一条,骂一句。"尤三姐知道贾珍看上她了,于是充分利用这一点,故意折腾贾珍不得安生。尤三姐用这样如"泼妇"般的行为告诉那些企图玩弄她于掌心的男

第二章／情归何处

人们,一向"战无不胜"的威逼与利诱,对于她来讲是起不到任何作用的。金银珠宝买不来生活的希望,锦衣玉食更填不满心底的空虚。而曹雪芹对于尤三姐的这一做法,表现出了由衷的赞叹:"自己高谈阔论,任意挥霍洒落一阵,拿他弟兄二人嘲笑取乐,竟真是他嫖了男人,并非男人淫了他。"

其实,尤三姐的反抗行为,不仅仅是针对于男性群体的,更是对自己身为女子的无奈与自责。这种自责是她实施的报复所带来的痛苦,因为报复本身就是一把双刃剑,那种一时的痛快背后是对自己的精神折磨,而这种自我折磨是深藏在轻狂放荡的言行背后的,如同六朝时期的士族大夫们一般,虽然痛苦却也要放纵挥霍着自己的年华,在绝望痛苦的精神深渊中极力地挣扎着。她的挣扎因为自己无力扭转自己的不利处境,她的挣扎更因为看不到自己稳妥而光明的未来。

然而纵然钢一般坚强的女子,她的内心深处,却仍然有着细腻而痴情的一面。当贾琏与尤二姐商量将她嫁出去的那一刻,她表明了自己无比鲜明的立场:

"姐姐今日请我,自有一番大礼要说。但妹子不是那愚人,也不用絮絮叨叨提那从前丑事,我已尽知,说也无益。既如今姐姐也得了好处安身,妈也有了安身之处,我也要自寻归结去,方是正理。但终身大事,一生至一死,非同儿戏。我如今改过守分,只要拣一个素日可心如意的人,方跟他去。若凭你们拣择,虽是富比石崇,才过子建,貌比潘安的,我心里进不去,也白过了一世。"

此语说得已经很明确了,尤三姐早已经心有所属。尤三姐虽然表面上看取得了与贾珍之流抗争的胜利,但付出的代价实在太昂贵,因为从此之后,她就背上了浮荡的恶名,无法立足于封建礼教之下的传统社会,除非她愿意走上一条自我

放逐的人生道路。只是尤三姐不是无意而如此为之的，她是清醒而理智的。她还是希望自己向传统社会回归，并且从一而终，相信世上有真情存在的。所以，当尤三姐表明自己的爱情誓言之时，并没有如前人那样指望着"山无棱，天地合"的不切实际的幻想，而更加理智地表明了自己的坚定立场：

"'姐夫，你只放心。我们不是那心口两样的人，说什么，是什么。若有了姓柳的来，我便嫁他。从今日起，我吃斋念佛，只伏侍母亲。等他来了，嫁了出去。若一百年不来，我自己修行去了。'说着，将一根玉簪，击作两段，说：'一句不真，就如这簪子一样！'"说着，回房去了，真个竟非礼不动，非礼不言起来。

尤三姐清楚地知道自己需要的是一种怎样的男人：柳湘莲在她心中的地位，几乎可以等同于拯救她走出火坑的天使一般。她对于他的执著，或许不只是一种单纯的暗恋，而更多的是一种对于异于贾府生活的向往与追求。在尤三姐看来，只要和柳湘莲在一起，就会拥有一份干净而平和的生活。正是出于对这种生活的向往，她收起了佯装放荡的外表，自己除去了身上伤人的利刺，一心一意地等待着心上人的到来。贾琏带回来的鸳鸯宝剑，让尤三姐那个单纯的美梦变得更加绚烂起来，她以为自己的终身大世终于可以心如所愿了，每天望着床头的剑，"自笑终身有靠"，"每日侍奉母姊之余，只安分守己，随分过活。虽是夜晚间孤衾独枕，不惯寂寞，奈一心丢了众人，只念柳湘莲早早回来，完了终身大事。"

尤三姐以为，这样做就可以忘记之前的种种痛苦，未来的生活就一定是无比美好的。可是，有句古语说的好："风流易荡，佯狂近癫"，尤三姐错就错在，

第二章 / 情归何处

若说男人失足后,浪子回头,必然又是一条好汉。可女人一旦自甘风尘,纵然洗新革面,也无法摆脱他人对她的精神指责与道德上的鄙夷。这就是为什么《德伯家的苔丝》也好、《安娜·卡列尼娜》也罢,女主角都无法脱离厄运折磨的原因之一,古今中外,大抵如此:社会对于多数男人的堕落,时常是宽容甚至过于纵容的;而对于女人的道德束缚,却是如同孙悟空头上的紧箍儿一般,越想除去,却越紧紧地圈在自己的脑袋上,那一句句如潮的恶评,就是曾经犯了错的女人的紧箍咒,是缠绕她们一辈子的梦魇。所以,尤三姐所要面对的困难,远远超出她所能想象。她若想要回归社会之中,必然要受到传统道德近乎苛刻的"审判"。

可惜尤三姐虽一心嫁一个知己,柳湘莲却实在不是她的"Mr.Right"。"你们东府里,除了那两个石头狮子干净,只怕连猫儿、狗儿都不干净。我不做这剩忘八。"说白了,宁府的家风不好,那么与宁府相关的亲戚,也一并不是干净的人。于是柳湘莲退却了,径自找了贾琏想要索回那宝剑。而尤三姐又岂是一愚笨的女人?她自然知道"是嫌自己淫奔无耻之流,不屑为妻"。终于,她看透了一切:她太过于相信自己,自认为"改过本分",就能"拣一个素日可心如意的人,方跟他去"。她根本没有考虑自己心里"进得去"的人,对方心里未必"进得去"。她太过相信别人,仅凭一面之缘,就有终身定嫁之意,实则是不懂如何看人。她不是刘巧儿在劳模大会上一眼相中了赵振华;也不是金花在"三月街"一眼看上了阿鹏。她的一见钟情是盲目的,甚至有些草率了事。她不懂得,男人在对于女人恪守贞操的要求上,是远远胜于对于自己本身的"性道德"要求的。董仲舒说过:"己不自正,无以正人。"可很多男人在贞节观的方面,却恰恰做不到这一点。所以尤三姐爱情失败之一,就在于她不懂得贞操对于一个受封建礼

教影响的传统男人有多么重要。

　　于是,尤三姐绝望了,当天使变成了推着她一步步走向深渊的帮凶之时,她最后的反抗,无非只有那满腔热血了。她所希望的,是用鲜血洗掉的一身"污浊";她所证明的,是用鲜血换得的一声呐喊。只是一句"还你的定礼",也没有多说半句言词,就剑锋一横,倒在了柳湘莲的脚下。纵然是一朵被自己硬生生除去刺的假月季,逼迫之下也要告诉天下我依旧是那株火红的玫瑰!那红色的花瓣,是用她的鲜血染成的,足以冲下落在上面的浮尘吧!"揉碎桃花红满地,玉山倾倒再难扶",玉山崩是形容嵇康之病态的,此处曹雪芹将尤三姐与名士嵇康相比,无疑是赞扬扼腕之慨叹啊!

　　最后那柳湘莲后悔了,梦中有了三姐,醒来后哭了,最后跟着那道士走了……尤三姐用她的死证明了自己的清白。她的清白,不一定是单纯指身体上的清白,更是一种精神上的清白。"前生误被情惑,今既耻情而觉",尤三姐之芳魂所诉,终于知道自己错在哪里。而对于我们当今女子,又是有着何等严肃的警醒作用呢。如果我们单纯用女子的自我解放去放纵着自己的行为,一旦回头,要比那男人辛苦万倍;如果我们单纯以为爱情能够拯救我们不幸的精神厄运,那么一旦情逝,我们亦将找不到独存于世的意义。我们要证明自己的操守,生死之抉择是最下下之策。从另一方面来看,时代毕竟在发展着,虽然对于女人的道德要求依旧远甚于男人,但相对于古代来讲,现在的社会舆论状态不知要好多少倍。所以我们一方面要注意提高自己的个人修养,更要坚定地表明自己的社交原则与底限,并且凡事要多多思考后果,谨慎行事为好。

　　希望尤三姐的悲剧,不要再在我们的社会中上演……

花气袭人知昼暖——袭人

> 爱上了你,我才领略思念的滋味,分离的愁苦和妒忌的煎熬,还有那无休止的占有欲。
>
> ——张小娴

在贾宝玉性情的后天诱导因素之中,袭人的存在是不可以忽视的一个重要因素。那么我们就从这温柔和顺的袭人开始,慢慢了解那些出身悲惨,却性情多样的贾府婢女丫头们的情感世界吧。

袭人先是跟在贾母身边,而后送给湘云当丫环,在湘云回到史家之后,又到了贾宝玉身边当起了大丫头。袭人这个名字是宝玉给她取的,她自己之前的名字是叫"珍珠"。

关于袭人的名字,出自陆游的一句诗句——"花气袭人知昼暖,鹊声穿树喜新晴"。古人作诗常以取字"巧"、"新"、"奇"取胜,如"春风又绿江南岸"之"绿"字,又如"云破月来花弄影"之"弄"字,无一不体现了诗人匠心独运之处,那么这一句"花气袭人知昼暖"之"袭"字,也应该是以花为主体,

以人为客体,充分体现花那浓郁扑鼻的香气。袭人,也正如陆游之诗中所言,其本身是最能够体会到贾府冷暖的一位聪明而温柔的女人了。

关于袭人的家世,在第十九回之中有着很明确的介绍。因为袭人小时候家里穷得没饭吃了,就将她卖了几两银子活命。后来袭人的爹去世,"又整理得家成业就,复了元气"。因为儿时的这件事,袭人是有着很大的心理阴影的,否则她不会说出如下一番带着强烈怨恨的话出来:

"当日原是你们没饭吃,就剩我还值几两银子,若不叫你们卖,没有个看着老子、娘饿死的理。如今幸而卖到这个地方,吃穿和主子一样,又不朝打暮骂。况且如今爹虽没了,你们却又整理得家成业就,复了元气。若果然还艰难,把我赎出来,再多淘澄几个钱,也还罢了,其实又不难了。这会子又赎我作什么?权当我死了,再不必起赎我的念头!"

袭人的怨,虽然也体现了对自己父母的怨恨,其实更多的,是因为她自幼被卖后便缺少的归属感。袭人从小就被卖入贾府,没有得到过正常的父爱母爱,对一个女孩子而言,缺失父母关怀与呵护的家庭经验,使她很自然地去寻找另一种感觉来替代这种缺失的亲情关爱。贾府是她从小长大的地方,比起狠心将她卖入贾府的父母来,她先后服侍过的主子贾母、史湘云、宝玉对她都还不错,这自然使她对贾府产生一种归属感。这种强烈的归属于贾府的自我定位,其实在第十九回中就已经明确体现出来了:

"袭人道:'我妈自然不敢强。且慢说和他好说,又多给银子,就便不好和他说,一个钱也不给,安心要强留下我,他也不敢不依。但只是咱们家从没干过这

第二章/情归何处

倚势仗贵、霸道的事。……'"

"咱们家"这三个字分明表明袭人在心里已经完全把贾府当成自己的身体和心灵的归属地了。所以在她的心里,不可能出现对于主子强烈的反抗与过强的自我独立感,再加上她平时为人温柔和顺,更不可能做出如晴雯、司棋般有失婢职的行为出来。她做好她能做好的一切,便是让这样的归属感永远存在在她的内心世界的最初目的。

所以在第三回中,作者这样描述袭人:

"这袭人亦有些痴处:伏侍贾母时,心中眼中只有一个贾母;今与了宝玉,心中眼中又只有一个宝玉。"

我们可以这样认为,正是基于袭人从小所失去的家庭归属感,又加上对于贾府待其不薄这样的知恩图报心理,使得袭人无论从心理或言行之中,都能体现出对于贾府人与事的尽力与尽责。

按理来讲,如此温顺而内敛,得体得近乎完美的丫头应该是特别讨贾母欢心的。可偏偏袭人并不是贾母最喜欢的丫头,贾母曾在王夫人面前明确表示出了对晴雯过多的溢美之词,而对于袭人,只是因为"恐宝玉之婢无竭力尽忠之人,素喜袭人心地纯良,克尽职任,遂与了宝玉"。故而贾母对于袭人品行的品评,也不过这"竭力尽忠"、"心地纯良"、"克尽职任"十二字罢了。贾母所做的决定,歪打正着地符合了王夫人的心意。这样端正的品行,对于一直苦恼于宝玉顽劣成性的王夫人来讲,却是安插在宝玉身边最好的棋子。而袭人后来也自甘为王夫人的一枚棋子,用心完善着她与宝玉之间最隐秘却又最天真的梦想——以自己

之力助宝玉迷途知返,并与宝玉相守一生。

都说"晴为黛影,袭为钗副",没错,袭人与宝钗的性情当中,均有很多相似之处,可是曹雪芹是不会将两个不同的女性描绘出完全相类似的性情特点的。于是在袭人身上,也出现了与宝钗完全不同的性格特征出来。

首先体现的,是一个"暖"字。虽然宝钗在贾府上下打点顺利,人情关系事无巨细均做得得体大方,可是于事于情,那种客套与守礼,均体现了明显的刻意远离之感。而袭人却不同,她因是贾府的奴婢,故而努力用自己的纯朴与温暖,感化着周围的所有人,哪怕是一块最为玩世不恭的石头。

其次,是袭人惊人的忍耐能力。宝钗不会遭遇到的恶仆与粗人,也不会经历恶事与丑行,但袭人身为贾府的奴仆,却是经常遇到的。当晴雯听到袭人说出"我们"这两个字时,便冷笑道:"……明公正道,连个姑娘还没挣上去呢,也不过和我似的,那里就称上'我们'了!"宝玉的奶娘李嬷嬷公然骂她是"忘了本的小娼妇",又吃了宝玉留给她的酥酪,她害怕惹起事端,便以吃栗子为借口转移宝玉的注意力,将此事搪塞过去。如果说宝钗将黛玉的明嘲暗讽淡而化之是一种大度的容忍,那么袭人在面对同为下层人民的那种粗俗而刺耳的冷嘲热讽时所承受的压力与忍耐能力,更是她性情之中最美好的品德体现。

最后,她有着大方自然的天真性情。如果说宝钗扑蝶一出,只是宝钗在无人之时的微露本性,而其他的时间都戴着大家闺秀的面具示人;那么袭人则因为身为丫头,身上则少有人工雕琢的痕迹。袭人曾带头和丫鬟们在雨天里把沟堵了,水积在院内,把些绿头鸭、彩鸳鸯之类,捉的捉,赶的赶,缝了翅膀,放在院内

第二章 / 情归何处

玩耍；更在群芳夜宴时，袭人与宝玉等还要留着众人，纵然众人不从，袭人硬让"每位再吃一杯再走"。那自然流露出的纯朴模样，宝钗也是要稍逊几分的。

接下来我们再看袭人对于宝玉的感情。

或者有人认为袭人过于轻浮，在宝玉想要初试云雨情之时没有以义理相劝，而是顺从地"偷试了一番"，可是恰恰是因为袭人认定了自己一辈子所从之人就是宝玉这一个坚定的信念，因而也是"不为越礼"之举。后话说道："自此，宝玉视袭人更与别个不同，袭人侍宝玉更为尽职。""尽职"，袭人将自己所拥有的一切全部献给了她生命中所侍奉的唯一男人，把身体同灵魂一同"献祭"给了贾宝玉。

可是，这样的献祭，对于袭人来讲，却正是她命运悲剧的开始。如果说以前她对宝玉从未有过太多奢求的话，那么在她与宝玉偷食禁果之后，她对宝玉的感情开始变得复杂。此时她应该开始意识到，她与其他丫头是不同的，她与宝玉之间又多了某些联系。与宝玉的肌肤之亲，在唤醒她性意识到同时，也唤醒了她的占有意识。可是这样的占有欲望对于一个出身低贱的女人来讲，是令人窒息的。这种窒息之感，不仅仅来自于她与宝玉之间的身份差距，更来自于她其实一开始就明白的，她需要同另一些女人一起，共同分享宝玉这一个男人的必然命运！

袭人想用一个女人的柔情蜜意来征服宝玉的心，拴住他的灵魂，引导他回到治经济世的正途上去，哪怕是装装样子也行。可是袭人想错了，她能够掌握宝玉的饮食起居，吃穿用度，却无法接近与理解宝玉的精神世界、梦想追求。纵然宝玉已经深深地刻入了她的生命和灵魂之中，但她始终无法走进宝玉的灵魂深处。

所以晴雯死后，宝玉发海棠无故死了半边之叹时，袭人终于醋意大发，说了如下之言：

"真真的这话越发说上我的气来了。那晴雯是个什么东西，就费这样心思，比出这些正经人来！还有一说，他纵好，也灭不过我的次序去。便是这海棠，也该先来比我，也还轮不到他。想是要我死的了。"

袭人对宝玉的感情是复杂的。她以她的方式忠诚于宝玉，她只想对宝玉好，尽管她并不知道这种"好"有时也是一种桎梏。因为与宝玉早已有肉体上的联系，她自知无法如晴雯般守着干净的身子清高孤傲；因为太把贾府当成家，更不能像宝钗那样事不关己，泰然立于贾府的风雨之外。袭人很明确地知道，自己对于宝玉是要尽职的，她的责任就是照顾好宝玉，不仅要照顾宝玉的日常起居，而是要照顾好宝玉所拥有的一切。如果说王夫人对于宝玉的爱中或许夹杂着"母以子贵"的功利之心，那么可以这样讲，袭人对于宝玉，是一种纯粹的关爱，可也正是这样一种关爱，导致了她与宝玉之间的精神距离越来越大。若宝玉儿时，袭人还能用几句话去劝劝宝玉，可当宝玉到了少年之后，我们便可以明显地感觉到，袭人与宝玉之间的分歧与争论越来越多了。

在宝玉挨打之后，袭人见到王夫人时说了如下一番话：

"俗语说的，'没事常思有事'，世上多少没头脑的事，多半因为无心中做出，有心人看见，当作有心事，反说坏了。只是预先不防着，断然不好。二爷素日性格，太太是知道的。他又偏好在我们队里闹，倘或不防，前后错了一点半点，不论真假，人多口杂，那起小人的嘴有什么避讳？心顺了，说的比菩萨还

第二章 / 情归何处

好,心不顺,就贬的连畜牲不如。"

袭人一席话,左右都是理,深刻远见,并敢冒不韪,连王夫人都心服口服。可是这等见地,若袭人不是从自己的经历推及他人的行为,是无法说得如此到位的。让宝玉脱离大观园,一则可以将宝玉多少引回读书的正途上去,二则可以让宝玉的注意力重新转移到自己的身上。如果宝玉继续与众女儿厮混下去,追查起罪魁祸首,袭人岂有逃避之地呢?

袭人并非故意向王夫人邀宠讨好,也并非刻意破坏宝黛之间的感情。袭人只是因为所受到的封建礼教的耳濡目染,觉得自由恋爱是封建礼法所不容的洪水猛兽,对于宝玉的前途是有着很大危害性的。袭人身为宝玉的贴身丫头,她有"义务"将所处迷途上的宝玉拯救出来。袭人性格之中,息事宁人成了她在遇到矛盾与困难之时首先想到的解决办法,宁愿自己受委屈、受劳累,也不愿惹起事端。袭人与王夫人一席谈话的初衷只是想要保护宝玉,防"丑祸"于未然,保全宝玉"一生的声名品行",至于后来的风生水起,恐怕是她始料未及的。袭人当然也无从晓得王夫人是因为听了王保善家的话之后才会怒火中烧,导致晴雯的抱屈而亡,她更没想到的是,自己的一番话也把宝玉从她身边推得越来越远。

可是不论如何,袭人是一心为宝玉好的。因为只有宝玉好,她的结局才会好。袭人不是不知道自己现在什么名分都没有,她更知道宝玉的前途关系着自己的一切。可是宝玉的结局并不是好的,那么袭人的呢?因为原稿的遗失,我们只能从袭人的判词中或多或少了解到袭人命运结局的一鳞半爪。"堪羡优伶有福,谁知公子无缘。"公子自然应指宝玉了,那么优伶呢?多数人猜得是指蒋玉菡。

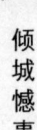

对于一些梦想着女子从一而终的卫道者们而言，袭人的做法，便是不能容忍的失节行为了。袭人有必要为宝玉守节吗？

从身份上来讲，世间有"节妇"有"义妾"，可袭人非妻亦非妾，她只不过是一个将被提升为"准姨娘"的婢女罢了。袭人是知道没有名分的悲哀的。所以，与其偷偷摸摸地做着不主不奴的通房丫头，还不如堂堂正正地让人明媒正娶回家，这样至少心里坦坦荡荡！

在风雨飘摇的贾府中，袭人把所有的赌注全都押在了宝玉一个人身上，可是宝玉却与她在她所希望行走的道路上背道而驰，渐行渐远。对于一个这样的男人，对于这样不再能够给她归属感的地方，她另嫁他人，无疑是通往另一种家庭归属感的必然出路。就像当自己的父母不能给她家的感觉之时，她把贾府当成家；可当贾府不把她当成家里人，特别是当宝玉渐渐疏远了她之后，对自己而言，出嫁必然是一种更好的出路。

关于归属感，其实不光是袭人所处的那个时代的女人，当今的很多女人最需要的也正是这样一种感觉，也许我们更愿意把这种感觉叫做安全感吧。美国著名心理学家马斯洛在1943年提出的"需要层次"理论中认为，"归属和爱的需要"是人的重要心理需要，只有满足了这一需要，人们才有可能"自我实现"。每个人都害怕孤独和寂寞，希望自己归属于某一个或多个群体，如家庭、工作单位，希望加入某个协会、团体，这样就可以从中得到温暖，获得帮助和爱，从而消除或减少孤独和寂寞感，获得安全感。有归属感的一般就是有责任感的，责任感到了一定的程度就会产生对某些东西的归属感，袭人正是如此。多半女人是温

第二章 / 情归何处

顺的，像袭人一般，具备着中国传统女性特有的隐忍与坚持。不管是钟鸣鼎食的大富之族，还是衣食无忧的小康之家，甚至哪怕是荆钗布裙的温饱之所，只要有一种家的感觉，这个女人便会觉得心里踏实极了。一个有了归属感的女人，不管吃多少苦受多少累，她都会觉得这是值得的，这个过程都是快乐的，都是有意义的。很多女人，在没找到这一份归属之前，就把这一切交给了自己，自己属于自己，看似很强大，实际上是一种无奈。

可能天下所有的女人，都在苦苦追求这一份归属感。只是有些人找到了，中途却丢失了，有些人却一辈子都没有找到。当有女人大声地说："我不属于你，我不属于任何人！"那只是因为她没找到让她拥有归属感的那个人罢了。

倾城憾事

苦命应怜自纯情——香菱

爱在左，同情在右，走在生命路的两旁，随时播种，随时开花，将这一径长途点缀得香花弥漫，使穿枝拂叶的人，踏着荆棘，不觉得痛苦；有泪可落也不是悲哀。

——冰心

依旧话说神瑛侍者闲来无事，凡心偶炽，下人间造历幻缘。那绛珠仙子随他亦入凡尘，为得是还泪于他。不想这一事，"就勾出多少风流冤家来，陪他们去了结此案。"而这般风流冤家第一个薄命的女子，便是英莲了。再说那茫茫大士与渺渺真人下凡之后，化成跛脚道士与癞头和尚，在人世间到处游荡，似乎都在与这般"风流冤家"进行着或明了或隐约的接触。那英莲，若浮萍一般的，便是他们要去找的第一人吧？

还记得那癞头僧对甄士隐说的一番话吧："施主，你把这有命无运、累及爹娘之物，抱在怀内作甚？""有命无运"、"累及爹娘"此两句话够狠的，无怪乎甄士隐当其是疯话，也不去理睬他，更无视那僧人要把那英莲给他的诳语。爱

第二章 / 情归何处

女之心胜过一切,哪里会相信一疯癫和尚的话呢!只是后来元宵节后英莲被他人抱走,不知道甄士隐还记不记得当时与和尚的几句痴言呢?当时看似一切都是空话,其实如果英莲没有走失,后来也不会如当下所见到的那样发展下去。英莲若不走失,顺利地在父母身边长大,未必难讲此后又有何种更凄惨的境遇在冥冥中等待着她。

只是英莲年方三岁,娇生惯养当然在不记事的年纪。我们可以想象得到,这个连"几岁投身到这里"、"父母今在何处?今年十几岁了?本处是那里人"都不晓得的可怜女子,一记事便晓得自己要在人贩子的手中成长,自小挨打受骂,受尽折磨,又怎么晓得父母之恩情?年方十二三岁的光景,竟然在被拐卖给他人之后,说出"我今日罪孽可满了"的苦语,短短几个字下心境是怎样的一番悲凉,又是怎样的看破凡尘?最是难得的是,她在如此恶劣的环境中,竟然也能养成温柔和顺的好品格,生得婀娜纤巧,行事温柔安静。

如果说英莲是薄命司中第一薄命女子的话,那么因她而死的冯渊,则应该是第一个在警幻仙界处"销号"的风流冤魂了。那冯渊原来是偏爱男风的,说白了,他就是一个男"同志",如果他继续坚持着他的性取向,估计尚无命薄之事可言。只是他偏偏遇到了英莲,竟让他改掉了"最厌女子"的喜好,"立意买来作妾,立誓不再交接男子,也不再娶第二个了",可见英莲的长像与神情,是一般女子所不能比的,能够让冯渊改变自己的性取向,绝对应该是个我见犹怜的美人了。只是,这拐子偏偏又将英莲卖给了薛蟠,本来想设一石二鸟之计,偏偏又碰上这不好惹的主儿。于是那薛蟠不但把冯渊打死,又抢了英莲,最后若如无事

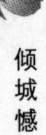

人一般浩浩荡荡上了京城。

话说回来，如果那贾雨村不够阴毒狡诈，是一个正直的好官，又岂能让"护官符"这种东西继续发挥着它的威力。只是官官相护四字，远没有表面上那样浅白。中国古代大抵是人情政治，贾雨村乱判此案，也实属无奈之举。所以英莲与冯渊二人，也成了黑暗官场上的两个微不足道的牺牲品。小小牺牲品的背后得利的，是一如贾雨村的那些忘恩负义的伪善面孔的人们。

与龄官和鸳鸯等烈性女子大相径庭，英莲实则是儿时苦难太多，相比之下，在大观园之中所受的一切，竟然不知道"好"过之前的苦日子多少倍呢！所以英莲被改名为"香菱"之后，就如同那发着淡淡幽香的菱花一般，在大观园的群芳之中娴静地散发着柔顺的光彩。"香菱"之香，是众香之中的淡然之气。夏金桂过门之后，曾因香菱的名字与其有过一番争论：

"话说金桂听了，将脖项一扭，嘴唇一撇，鼻孔里哧了两声，拍着掌冷笑道：'菱角花谁闻见香来着？若说菱角香了，正经那些香花放在那里？可是不通之极！'香菱道：'不独菱角花，就连荷叶、莲蓬，都是有一股清香的。但他那原不是花香可比，若静日静夜或清早半夜细领略了去，那一股清香比是花儿都好闻呢。就连菱角、鸡头、苇叶、芦根得了风露，那一股清香，就令人心神爽快的。'"

这恰似香菱品性的自比了。香本为大自然赐予，风露所赋，日月所钟，无处不在之气。而品香不单依赖于鼻间，更连通于内心，如果没有凝神静气的达然，是难以领略那静夜淡香的。故而用菱花之香喻指其平和温顺的内心世界，是恰如

第二章／情归何处

其分的。

　　前八十回通篇读下来，描写黛玉悲的很多，描写凤姐妒的有很多，而曹雪芹对于这个贯穿于全书的女儿家香菱，却多次只讲她的笑。她的笑，不若黛玉的情之切切，不似宝钗的欲与还休，不比湘云的爽然天成，不同凤姐的精明世故。她的笑是纯真自然的，她的笑是可爱单纯的。在第七回"送宫花周瑞叹英莲"中，香菱的第一回出场，便是笑嘻嘻的。纵然前有冯渊为其命丧黄泉，薛蟠为其情惹命案，而她却一如往日的性情，平静地接受着命运的安排。忘了儿时的苦，亦不记得现时的怨，如扎根于污泥之中的莲花，静默温柔地开着那朵洁白的花儿。

　　这朵莲花自然有着非比寻常的神情，无怪乎周瑞家的笑着说："倒好个模样儿，竟有些像咱们东府里蓉大奶奶的品格。"将英莲比作秦可卿，那么我们自然可以从秦可卿的性情刻画中，找到几许神似之处："其文若何？龙游曲沼。"将可卿的体态比作龙游曲沼，可见实为不可再得的美态了。而与秦可卿那"月射寒江"的冷艳相对照，香菱却是另一种的柔情万种。单从品质上讲，香菱似乎更是一种浑然天生的"温柔平和"，举手投足之间却又带着几分娇憨天真的小女儿之态，虽然她已经身为人妾，身体不再"清净"，却仍然不若宝玉所形容的"出了嫁，不知怎么就变出许多不好的毛病来，虽是颗珠子，却没有光彩宝色，是颗死珠"的感觉。

　　悲惨的生活既不能使她失去她的温柔、纯真和爱心，便更无法使她失去对美好的追求。我们还记得那"夫妻蕙"之论吗？"一箭一花为兰，一箭数花为蕙。凡蕙有两枝，上下结花者为兄弟蕙，有并头结花者为夫妻蕙。我这枝并头的，怎

-121-

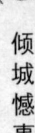

么不是?"可笑而可爱的言语,竟让我们很容易想象到香菱说这一番话时天真而又认真的神情。当她被荳官取笑,说她"汉子去了大半年,你想夫妻了?"的时候,竟然傻呵呵地"红了脸,忙要起身拧他",还"笑骂"荳官。可见纵然委身于薛蟠这样呆愚的男人,却是那样的心甘情愿,不抱怨,不自怜。被有钱人家收为内妾,却与婢女玩得开心,又无一点自持与自傲之态。这种神态,恰如一头充满着自然天性与灵性于一身的小兽,瞪着光溜溜的眼睛傻乎乎地看着周围的一切,不轻易为物喜,亦不轻易为己悲,真正的生而自发的性情啊。

纵然是见过无数风流女子的贾琏,见到香菱之后,竟然也发下了如此慨叹:"方才我见姨妈去,不防和一个年轻的小媳妇子撞了个对面,生得好齐整模样。我疑惑咱家并无此人,说话时因问姨妈,谁知就是上京来买的那小丫头,名叫香菱的,竟与薛大傻子作了房里人,开了脸,越发出挑的标致了。那薛大傻子真玷辱了他。"一席慨叹香菱之语,竟然引得凤姐醋意心生:"嗳!往苏、杭走了一趟回来,也该见些世面了,还是这么眼馋肚饱的。你要爱他,不值什么,我去拿平儿换了他来如何?那薛老大也是吃着碗里看着锅里。这一年来的光景,他为要香菱不能到手,和姨妈打了多少饥荒。也因姨妈看着香菱的模样儿好还是末则,其为人行事,却又比别的女孩子不同,温柔安静,差不多的主子姑娘也跟他不上呢,故此摆酒请客的费事,明堂正道的与他作了妾。过了没半个月,也看的马棚风一般了,我倒心里可惜了的。"此番对话之中,颇具内涵:

其一可知,香菱之美貌,便是贾琏也心有惦记的,这倒不在话下,那贾琏本来就是一好色之徒,说"薛大傻子"玷辱了她,那他贾琏难道就能把香菱当成宝贝守着护着吗?所以此话只可当成嫉妒之语,凤姐骂他"眼馋肚饱"实不为过。其二,那薛姨妈可见也是一稍作心算之人,知道自己的儿子自幼娇宠溺爱,教育过于缺乏,于是见香菱柔顺温和,必定不是一个心机过重的好争事女子,他日有正室入门,肯定也无争宠夺爱之心,所以明正言顺地给薛蟠当了小妾。其三,可见薛蟠真为呆鄙之粗人,不懂得怜香惜玉。只不过半个月时间,便弃之如草芥。可香菱却仍然痴痴地念着他的汉子,真可谓用情专一却又甘为宿命的好媳妇了。

呆香菱配呆霸王,曹雪芹力写此二人之"呆",同一字却不同性质。具体而言,是一烘托又是一反衬。烘托之处在于,呆香菱用情之专一,对于玩心依存、不知上进的薛蟠来讲,不失是一件幸事。至少在当今世上,若真遇到像薛蟠这样富贵的公子哥,又有几个女子能说自己不为钱财而只在乎这个富家子弟呢?那《非诚勿扰》之中的"醉过方知酒浓"的狂妄之言,那宁坐在宝马车里哭,不愿在自行车后笑的无知之语,照比呆香菱之纯情,相差得太远太远。而反衬,则是出于呆霸王的不懂珍惜,放纵夏金桂折挫香菱的险恶用心。薛蟠的惧内,使得香菱的命运,在他与夏金桂的联合摧残之下,更加的催人泪下,使得一个不知愁为何物的纯真女子,在命数将近之时,也有"对月伤悲,挑灯自叹"的哀怨之感。薄命之人,便在苦情满怀中,空空耗尽她的心神,终成那秋天的"残藕枯莲"。

这种反衬与烘托不光体现在香菱与薛蟠两人之间,又是在于与其他同为屋里头人的众女子的相互比较之中。烘托在与平儿的隐忍谦卑相论。平儿"是个正经人",不会"挑妻窝夫,倒一味忠心赤胆"服侍着贾琏与凤姐,香菱又何尝不是这种人呢。即使是对夏金桂,她也是那样的纯情而毫无戒备之心,满怀欢喜地盼

望着夏金桂早日过门,心想那女主人"是个有才有貌的佳人,自然是典雅和平"如宝钗一般的,所以要"十分殷勤小心伏侍"。可以这样看,如果说平儿的"忠心赤胆",来自于她的聪明机警、无害人之心的品质;那么香菱,更胜于她的毫无心机、有成人之美的痴情了。而反衬更在于与袭人的"温柔和顺"相比。自然,袭人的温顺与香菱不下一二;而袭人那细密的算计,比照香菱自然的性情,却真正输之千里。无怪乎曹雪芹以嘲讽的口气说袭人"枉自"与"空云"了。根本就在于,袭人的温顺,是出于封建礼数之下的调教之后习得的妇人之德;而香菱,则是没有被那吃人礼教异化天生的女儿之情。

  总体来看,英莲作为全书第一个出场的薄命女子,她的悲剧,是大观园群芳中太多女子悲惨命运的代表。我们如果单纯期待她如续书中写的那般因难产而死,也终免不了慨叹她的命运多舛。英莲的痴情,较之黛玉,是有过之而无不及的。因为如果说黛玉对宝玉之恋,体现在她对于爱情上的要求独占性;那么香菱对于薛蟠,则更多的在于她超然于自身之外的大爱了。爱一个人,竟然会容忍其他女子与她共享而无妒意,就算是当今的吾等女子,亦难做到。这就不得不提到以爱情之命进行害人之事的某些女儿家了。真正爱一个人,特别是当此人已有家室或他心另有所属之时,爱应该体现在容忍与大度;爱应该体现于退让与成全。只是因为当初遇到的,不是自由之身,却不需要慨叹自己的生不逢时。可以爱,又要爱得自然,爱得洒脱;可以恨,却要恨得适度,恨得淡然。伤人又害己之事,切忌少做,因为如果一旦妒心大起,恨意难控,便终有伤己之悔与离人之怨了。现在不比古时,非要容忍着共事一夫的悲苦,我们有选择离去的自在。这种自在或许一时间难以找寻，甚至容易在感伤中迷失自己的心性，但是也莫要忘记自己身为女儿身，那散发着淡淡清香的体态，那好洁自然的天性，才是我们需要努力保持的自我。

还记得《诗经·氓》中那个被人离弃的怨妇吗？她最后是怎么样说的？"信誓旦旦，不思其反。反是不思，亦已焉哉！"真正的放手，是自己重获心灵上的自由。莫要迷失在曾经的海誓山盟之中，莫要纠结于现实的背信弃义之间，有一种爱叫做放手。

那两个"绯闻女孩"——晴雯与金钏

> 充分地认识和相信自己,倾听自己的心声,做自己喜欢做的事情,这样的人生或许会有曲折,但是我认为是最有价值的,也是最好的生活方式。
>
> ——希拉里

大观园里有两个凄零的"绯闻女孩"。只是因为她们不幸被牵扯进勾引主子的噩梦之中,从而导致了她们落花惨淡,零落成泥的悲惨结局。她们,一个是晴雯,一个是金钏。

服侍宝玉的一共有四个大丫鬟,晴雯是深得宝玉喜欢的一个。她不是奴才家生的"家生子儿",她跟袭人一样,都是因家里贫困从外面买回来的。可是她的身世,又要比袭人凄惨更甚。袭人的家还算是个小康之家,可晴雯呢?她从小就被卖给贾府的奴仆赖大家为奴。赖嬷嬷到贾府去时常带着她,贾母见了她灵巧可人,非常喜欢,赖嬷嬷就把她"孝敬"给了贾母。而我们要知道的是,这种被奴才当做礼物送给主子的奴才身份是最低下的。晴雯唯一的亲人,是姑舅表哥多浑虫和与贾琏有染的多姑娘。可他们二人,一个好酒常醉,一个风流淫荡。父母双

第二章 / 情归何处

亡本是不幸，而唯一可依靠的兄嫂竟然也是如此不堪，实在是要比袭人苦命不知道多少倍。

纵然如此，晴雯还是如出水芙蓉一般，出淤泥而不染。有人曾经这样形容她："洁白无瑕，纯真无欲，可谓称芙蓉之洁；活泼可爱，容颜美丽，可谓称芙蓉之香。"如果说香菱是那散发着淡淡清香的菱角，那么晴雯则更像一朵孤芳自赏的莲花，在众花之中，散发着夺人眼目的光华。

晴雯是美丽的，我们可以从反感她的那些人口中感觉到，她的美，是众人皆睹的。王保善家的最恨晴雯，她向王夫人中伤晴雯时曾说道："……宝玉屋里的晴雯，那丫头仗着他生的模样儿比别人标致些……"，至于如何标致，王夫人听了王善保家的话之后就想起来了，是"水蛇腰，削肩膀"的那个丫头。在王夫人把病重的晴雯叫到眼前的时候，在王夫人的眼中，我们再一次看到了晴雯是个"美人"、"病西施"，晴雯的美丽不言而喻，是荣府上下一致承认的。

纵然是如此的美丽，晴雯也并不想如袭人般因此博得众人的好感。纵然如此机敏，却不如袭人或是小红，将万般心思付诸在往上攀爬的实践之中。在怡红院中，宝玉尊重的是袭人、信任的是麝月，而他最喜欢的，则是晴雯。凡是他和黛玉私下传情的事，宝玉都是差遣晴雯去办的，而晴雯因她的聪明，早就看出宝、黛之间情愫暗生了，所以她深深理解他们的感情，传话送物爽利之极。可晴雯也有着另外一些独特的个性。

正是因为她的过于聪明，又心高气盛，不若袭人隐忍而极富算计。她在荣府中的树敌，也是很多的。这不能说不是因为她年幼侍宠，任性无忌，可从另外一

方面，这个略带小姐脾气的美丽少女，让人产生的爱怜竟然远远大于她的尖酸刻薄。"晴有林风，袭乃钗副"，晴雯确实在某些地方像极了黛玉。如她在说话的方面，也像黛玉那样直来直去，无所顾忌，虽然这样子讲话已经得罪了太多太多的人，可她依旧不思悔改，宁折不弯。她有的，是不甘心身为奴才的骄傲性情。秋纹因为一个偶然的机会，跟着宝玉去给贾母和王夫人送花，得了几百个钱和两件衣服的赏。回来后提及这件事时，晴雯便表现出了她那种清高的本性："呸！没见世面的小蹄子！那是把好的给了人，挑剩下的才给你，你还充有脸呢！"又说"要是我，我就不要。若是给别人剩下的给我，也罢了。一样这屋里的人，难道谁又比谁高贵些？把好的给她，剩下的才给我，我宁可不要。冲撞了太太，我也不受这口软气。"从后文中我们可以得知，那些"好的"是给了袭人。晴雯内心的不满与追求地位平等的心态，便由此可以看出来了。

可是如此刻薄尖酸的晴雯，对于宝玉，又是怎样的一番风情与温柔呢？我们且不提那撕扇做千金一笑；我们也不提那病中勇补雀金裘；我们单表那抄捡大观园之后晴雯因诽谤而被撵出贾府的最后一面，便已经让人慨叹万千，无法释然的了。因为正是这样的一个连贾母都夸"这些丫头的模样爽利、言谈、针线多不及他"的美丽女子，却因自己过度的骄傲与强烈的自尊心，走向了一条红颜薄命的不归之路。

绯闻若在下人之中戏言相传，倒也无妨大体，可若传进了主子们的耳朵里，便是个性命攸关的大事件了。王夫人不喜欢晴雯，不仅仅是因为她的模样如同林妹妹一般风流婀娜，人见犹怜；更怕的是因为那个绝望的妇人，因为自己无法管教好自己的儿子，对于宝玉身上的叛逆行为存在着不解与不安。她无法反思为

第二章 / 情归何处

什么自己的儿子会这样反叛不入正途，于是便将责任怪罪在宝玉所钟爱的丫鬟们身上。反过来讲，王夫人不是不知道袭人与宝玉的关系也是密切的，可为什么袭人在这场斗争之中相安无事呢？无非是因为袭人甘心卑躬屈膝地向王夫人示忠罢了；而晴雯终于因为自己的心高气傲，吃了一次悔恨终生的大亏。于是，王夫人在驱赶晴雯时的那种近乎歇斯底里的失态状况，就这样出现了：

"……王夫人在屋里坐着，一脸怒色，见宝玉也不理。晴雯四五日水米不曾沾牙，恹恹弱息，如今现从炕上拉了下来，蓬头垢面，两个女人搀架起来去了。"

当我们看到平时以慈悲面目示人的王夫人如此冷漠地让重病的晴雯离开大观园时，我们可以想象得到王夫人有多么憎恨她，甚至有一些害怕她。这种憎恨，是一种对宝玉行为不解的泄愤。而这种不安，则更是一种害怕自己的骨肉仿佛会被晴雯等丫头夺走的担扰。

那么晴雯不是不懂得自己是为什么被撵出大观园的。她自己心里清楚得很，"只是一件，我死也不甘心的：我虽生的比别人略好些，并没有私情密意勾引你怎样，如何一口咬定了我是个狐狸精！我太不服。"纵然不服又能如何？病重的晴雯已经知道自己无法正名了，并也知道自己是因为什么而担此虚名："不料痴心傻意，只说大家横竖是一处。不想平空里生出这一节话来，有冤无处诉"。晴雯终于知晓自己的"傻意"了，可为时却已晚。绯闻尽生处，不如将"丑事"做到底吧！也不妄被称之为"狐狸精"啊！于是，晴雯剪下指甲相赠，又与他交换了贴身小袄，还哭道："回去他们看见了要问，不必撒谎，就说是我的。既担了虚名，越性如此，也不过这样了。"

晴雯对于宝玉,有爱情可言吗?可能吧!有人说晴雯对于宝玉是沉睡着的爱恋,这种爱意是在自幼耳鬓磨间慢慢生成的。没有一丝的爱,她又因何在宝玉苦读时彻夜相陪;又因何在大病之时补那被烧破的雀金裘?那种简单的儿女情长,无关乎地位与身份、无关乎认同与回报,晴雯只是傻乎乎地付出着自己的一丝丝柔情与关怀,得到的,却是如此悲凉的下场,真是可悲可叹。

自书成之后,描写晴雯的文章真的是太多太多了,无论是专家学者,还是痴男怨女,无不深深地被晴雯的悲剧命运所叹息着。纵然在此章中少写几笔晴雯的性情,也难掩盖她那夺人眼目的光彩;纵然在此章中详述晴雯的故事,也难写尽她那令人羡艳的风情。也这个可爱而可怜的绯闻女孩,在大观园的群芳中,成了过早消逝的一朵洁白的莲花。那么,与她同样悲惨的,还有另外一个绯闻女孩,她就是金钏。

如果说晴雯是王夫人忌恨的最终假想敌的话,那么金钏就是她的第一个试金石了,她的命运似乎是晴雯的前奏,更是黛玉的伏笔。

金钏在《红楼梦》中出场次数不是很多,却依旧占据着重要的角色。她的出身不为人所了解,只知道她跟了王夫人有十余年的时间,应该算是与袭人、晴雯相同地位的大丫鬟了。出场时便给人一种人小鬼大的感觉:

"只见王夫人的丫环名金钏儿者,和一个才留了头的小女孩儿站在台矶上顽。见周瑞家的来了,便知有话回,因向内努嘴儿。"

再次出场就是当贾政叫宝玉,他浑身打颤地蹭过去时,金钏在明知老爷今天喜欢的情况下故意奚落他:"我这嘴上是才擦的香浸胭脂,你这会子可吃不吃

第二章 / 情归何处

了?"那顽皮单纯的样子自然就出来了。金钏和宝玉,应该是一起长大的。所以主子丫头的概念,在一同戏闹之余,倒会淡了几分,所以才在第三十回中,有如下一段类似"暧昧"的描写:

"宝玉轻轻的走到跟前,把他耳上戴的坠子一摘。金钏儿睁开眼,见是宝玉。宝玉悄悄的笑道:'就困的这么着?'金钏抿嘴一笑,摆手令他出去,仍合上眼。宝玉见了他就有些恋恋不舍的,悄悄的探头瞧瞧王夫人合着眼,便自己向身边荷包里带的香雪润津丹掏了一丸出来,便向金钏儿口里一送。金钏儿并不睁眼,只管噙了。"

"宝玉上来,便拉着手,悄悄的笑道:'我明儿和太太讨你,咱们在一处罢。'金钏儿不答。宝玉又道:'不然,等太太醒了,我就讨。'金钏儿睁开眼,将宝玉一推,笑道:'你忙什么!"金簪子掉在井里头,有你的只是有你的",连这句话语难道也不明白?我倒告诉你个巧宗儿,你往东小院子里拿环哥儿同彩云去。'宝玉笑道:'凭他怎么去罢,我只守着你。'"

他们两人从王夫人这里调戏,以为还可以如往常一样毫无拘束地戏耍,怎知王夫人的性情之中,早就对正值略懂人事的宝玉所处的环境大有戒备之心。

如此看来,王夫人心里早已经明了宝玉的顽劣性情应该怪罪于谁了。金钏儿被打被撵无疑是一种杀鸡儆猴的警示效应。王夫人当着宝玉打金钏儿,一是为了警告如金钏儿般与宝玉厮混的丫头们,另外一方面更是对宝玉的一种暗示。王夫人喜欢的女子,是如袭人般温顺淑德的周全贤人,而不是宝玉自己所钟爱的招人怜惜的多情少女。所以金钏无疑是她用来下刀的第一道菜,更是因宝玉的多情而

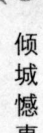

走向毁灭的第一人。

金钏被打之后,曹雪芹并未细表她的内心状态,只是用一句话表明了金钏的悔恨之情:"我再也不敢了。太太要打骂,只管发落,别叫我出去,就是天恩了。我跟了太太十来年,这会子撵出去,我还见不见人呢!"这一句话,似乎也预示着金钏后来因想不开跳井自尽的悲剧发生。更可怜的是,金钏并不如晴雯一般,骨子里便带有一种追求平等与尊严的反抗精神,她无法释然的,不是自己与宝玉之间的玩闹,而是被王夫人撵出贾府的这一既定事实。于是,这个正值青春年华的少女,因为主子的一个巴掌,改变了自己一生的命运。她自觉被撵出贾府,无脸见人,一时想不开,便跳了井,自我了断了短暂的一生。

可以这样讲,流言蜚语对于女性伤害之深,远甚于男人。因为在中国传统的伦理与道德要求中,女人的束缚要比男人远远大得多。如果一步不慎,轻则遭致"七出"之灾,重则引来灭身之祸。特别是如贾府森严的道德束缚之中,作为丫鬟的晴雯与金钏"背负"着的罪名,是最"无耻"的"色诱主子"的指控,在以王夫人为代表的传统礼教卫道者们看来,关于性方面的罪行,是最不可饶恕的。晴雯与金钏儿无意中触犯了礼教之中的最大禁忌,故而也就成了僵化的传统礼教势力下的牺牲品。

梁静茹唱过一首非常好听的歌,歌名叫做《勇气》,其中有一句歌词是这样子的:"爱真的需要勇气,来面对流言蜚语;只要你一个眼神肯定,我的爱就有意义。"在感情的世界中,难免会遇到他人的误会、不解,甚至会上升到道德高度上的指责与谩骂,关键问题是我们需要用一颗怎样的心态去面对这些呢?有些

第二章 / 情归何处

女人往往过多看重别人的态度，而更在爱情的路途上踟蹰不前，畏首畏脚；有些女人却走向了另外一个极端，一意孤行，放弃理智的决断。其实这两者都不是正确的爱情观。一方面我们女人要懂得，在中国这样传统的伦理观依旧深深影响着女性身心的社会中，我们的一言一行，在社会舆论中的包容度都较之男人少了很多，那么我们如果过度表现得隐忍而胆怯，反而会抓不到属于自己的真正幸福；而如果过多的一意孤行，做出惊世骇俗的"出格"之举来，也未必是明智之举。

而从另一方面看，晴雯与金钏儿之死倒真是被绯闻所害的典型案例。主要是她们本身与宝玉其实可能真的无儿女情长之私事，却被王夫人误解与责骂，实在是冤枉之极。这种流言其实在社会中更是可怕的。举一简单事例，在学术、政界、商界等圈子想要出人头地的女性，如果不能在男女之事上清白如水，必将会被他人误会是借色诱手段方能如此成功。其实这对于女性成功者来讲是最残忍的道德指控。电影《女人不坏》之中张雨绮所扮演的风云女强人唐露，正是在这种尽乎无奈的不幸状态下求生、求存的美丽女人。就算唐露不想当任何人的第三者，可还是因为自身所散发着的无法抵挡的"费洛蒙"，永远不能在流言蜚语之中得到一丝一毫的喘息机会。所以旦凡希望事业上有所成就的女人，必定要承受着普通女人无法体会到的舆论压力，就像背着一个沉重的壳，一步一步地，艰难行走在这个社会的各个领域。

可是，如果自己的一言一行堂堂正正，又何必非要与旁人尽诉自己言行的初衷呢？用张国荣的一句歌词来说，即是：

"遇上冷风雨，休太认真。自信满心里，休理会讽刺与质问。笑骂由人，洒脱地做人……"

倾城憾事

生生死死皆因情——司棋

> 山无棱，江水为竭，冬雷震震，夏雨雪，天地合，乃敢与君绝。
>
> ——《乐府诗集·上邪》

大观园里，描写的婢女的恋情，最惊心动魄的，却只有司棋与潘又安这一对。

关于司棋的名字，曹雪芹肯定是进行过一番思考的。司棋姓秦，如果"秦"是"情"的喻指，那么秦司棋，必定是"情思奇"了。这司棋，却真真正正可称为大观园中的一奇女子。

提到司棋，不得不提她所侍奉的小姐贾迎春了。如果没有迎春作为主子的陪衬，那么司棋的性情也不会被烘托得如此极富特性。迎春身为大家小姐，却因为她的老实无能、懦弱怕事，得了个"二木头"的诨名。虽然为荣府大爷贾赦与前妻所生，在为人处世上，迎春却只知退让，任人欺侮。她一直被其他人所轻视，甚至是一些下人都敢欺负她。没有主见的迎春身边，若没有一个愿意护着她、向着她的丫头，估计会更加被人忽视掉。那么司棋，就恰恰充当了敢于替主子出头的"大姐"角色。

第二章 / 情归何处

在大观园中，迎春及其丫头们也是不得势的，她的事，下人们都是能推的推，能溜的溜，更不用说作为"副小姐"的司棋的事了。虽然司棋的名字在前八十回中出现的频率是很高的，可真正的戏份却是在第六十一回。司棋的脾气是刚烈而火暴的，这点我们从她可以因为一碗鸡蛋大闹柳家的厨房中看出来。她派莲花儿去厨房要碗鸡蛋，莲花儿没及时完成任务，她便使人说莲儿"死在这里了"，比晴雯病中骂偷了东西的坠儿还厉害干脆。随后她得知柳嫂子给鸡蛋不利落，便带着一帮小丫头来到厨房，二话不说，就下令："凡箱柜所有菜蔬，只管丢出去喂狗，大家赚不成。"利落干脆，一副天不怕地不怕的样子。对于众多在小姐、公子身边力求做到温柔和顺的婢女们相比，司棋的个性在此处被更加鲜明地刻画出来了。

其实大闹厨房事件本来不是司棋过于霸道无理所致，只因那柳家的与莲花儿辩嘴时说的一句话："三姑娘和宝姑娘偶然商议了要吃个油盐炒枸杞芽儿来，现打发个姐儿，拿着五百钱来给我。"意思极其明显：人家是正经小姐都给我钱，你一个副小姐，想吃东西的话得拿钱来！可是要知道，探春与宝姑娘拿钱给下人，其实也是出于收买人心的考虑。那探春协理大观园之时，就懂得施小利而使下人们为她卖命的道理了，而宝姑娘身为客居之人，为人又极圆滑懂事，迎春为人处事哪能与此两大小姐相比呢？所以司棋这样做，也是久积怨气，借机发作罢了。要知道探春在贾府也不过是庶出的小姐，迎春至少是贾赦与正妻所生的大小姐。如此被下人忽视，司棋怎么能咽下这一口气呢？于是大闹厨房事件一出，柳家的就赶忙蒸了碗鸡蛋过去。如果司棋真如柳家的所说的那样送钱给她，只会使

柳家的利欲更生，以后再有迎春房中所求之事，就更加的难办了。所以，迎春身边有司棋，乃是她的一大幸事。正因这个刚烈又对迎春忠心的司棋，迎春才不用去操心这样的俗事；也正因为这个司棋，下人们再不敢在办迎春的事情时太过马虎了事。

从另一方面，司棋在替迎春办事过程中所养成的极有主见、张扬胆大、爽快泼辣的个性，在袭人、鸳鸯等人来看，是极其容易得罪人的，甚至她的言行之中夹杂的那种市侩之气，也不可不说是因为平时极愿意为迎春出头，不得不事事算计而养成的恶劣品行。在第六十二回中，在柳家的因玫瑰露等事牵进一场大风波中时，司棋便和其婶子想法挤走柳嫂儿，争取厨房的管理权。最后司棋败下阵来，也气了个人仰马翻，无计可回。可以说，司棋在处理世事上，略显粗鲁般有勇而欠缺谋略。而没有一个立世决断的主子替她作主撑腰，也是她日后被撵出大观园，却无人愿意出面求情的重要原因之一。

正是因为司棋这样火暴的脾气，也导致了她在爱情上走向坚决与抗争，直到灭亡。司棋与她的表弟潘又安，"在一处顽笑起住时，小儿戏言，便都订下将来不娶不嫁"，真可谓是青梅竹马，两小无猜。"近年大了，彼此又出落得品貌风流，时常司棋回家时，二人眉来眼去，旧情不忘。"二人重修旧好，私定终身，已经是有违封建礼数了。因为在如贾府般的贵族大家庭里，主子们的淫乱可以被视为合法，而青年男女之间的恋爱却是被"事关风化"而严加禁阻的，真正应了那句"只许州官放火，不许百姓点灯"了。所以当鸳鸯无意中撞破司棋与她表弟潘又安之间的"好事"时，这个一向胆大泼辣的女孩子，却一下子变得失魂而不

第二章/情归何处

知所措了。可以看出，司棋性格之中是存在矛盾的。一方面，她因需要替迎春出头而变得暴烈而市侩；另一方面，却因爱情的干扰使其在性情方面更多地显露了痴情而迷茫的女儿本色。

"谁知贼人胆虚，只当鸳鸯已看见他的首尾了，生恐叫喊起来，使众人知觉更不好，且素日鸳鸯又和自己亲厚，不比别人，便从树后跑出来，一把拉住鸳鸯，便双膝跪下，只说：'好姐姐，千万别嚷！'鸳鸯反不知因何，忙拉他起来，笑问道：'这是怎么说？'司棋满脸紫胀，又流下泪来。"

这司棋见鸳鸯一出现，便吓得不知所措，因为她也知道她与她表弟所做之事，在大观园的清规戒律中之中是万万不许的，岂是在大观园中，在整个封建礼教的束缚之下，也是极其叛逆而有悖伦理的。这不是西厢月下的风流逸事，也不是思春女子梦中的翻云覆雨，这是真真正正的现实世界。无"父母之命，媒妁之言"，又无主子之命，只凭那口中的海誓山盟，郎情妹意，便勇敢地跨出了禁欲中的那重要一步，司棋不是不知道这样做的危险性。所以司棋见潘又安极度不"男人"的吓得连夜丢下她逃走了的时候，"听了，气个倒仰，因思道：'纵然闹了出来，也该死在一处。他自为是男人，先就走了，可见是个没情意的。'"勇敢痴情的司棋遇到胆小怕事的潘又安，不得不说又是一悲剧型情事。于是司棋"又添了一层气。次日，便觉心内不快。百般支持不住，一头睡倒，恹恹的成了大病。"

好在那鸳鸯与司棋交情甚厚，鸳鸯不忍让她受到内心的折磨，就主动来向司棋表明心迹："自己反过意不去，指着来望候司棋，支出人去，反自己立身发誓

与司棋听,说:'我要告诉一个人,立刻现死现报!你只管放心养病,别白糟蹋了小命儿。'"遇到鸳鸯这种有义气的姐妹,可谓幸事。于是司棋"一把拉住,哭道:'我的姐姐,咱们从小儿耳鬓厮磨,你不曾拿我当外人待,我也不敢怠慢了你。如今我虽一着走错,你若果然不告诉一个人,你就是我的亲娘一样。从此后,我活一日是你给我一日。我的病好之后,把你立个长生牌位,我天天焚香礼拜,保佑你一生福寿双全。我若死了时,变驴变狗报答你。'"

"一着走错",显然那晚之事司棋已然心有所悔;而遇鸳鸯,也将自己内心的顾虑大吐一番,知道自己的"荒唐"之事若一旦传出,必将不得好的下场。所以司棋面对的压力,远不是情人背信弃义逃跑那样简单。她要面对的,是那如狼似虎般将年轻人最纯情的人性吞噬掉的封建礼教。在现代青年人看来,这样的压力甚至显得有些不可思议,我们怎么能够想象得到连自己的最基本的择偶权都牢牢掌握在他人手中,不得与心爱之人终成眷属的痛苦滋味?我们又怎么能体会得到一个如司棋般失贞的少女若一但其"劣行"被人知道之后就要承受的道义上的谴责?所以在道德底线要求已经近乎低点的现代社会来讲,司棋所承受的痛苦与矛盾,是我等普通女子很少能体会得到的。

可也正是在怒情人之叛与惧情事之露的双重压力之下,在暴风雨来临的那一刻,这个柔弱女子竟然表现出了意愿坚决的无穷力量。抄捡大观园一事祸起于那傻大姐无意中捡到的那只十锦春意香袋。书中其实并未明言说这个东西是谁掉的,可是听那傻大姐所言,是在大观园山石上捡的,想来极有可能是司棋与潘又安遗落的。这东西从邢夫人转到王夫人手,便孕酿成了一次暗潮涌动的抄捡大观园风波。

第二章 / 情归何处

而司棋在这场风波中的表现,却又让人看到了另外一个敢爱敢恨的女儿性情。

当周瑞家的发现司棋的箱子里有她与潘又安的定情物之时,凤姐看到的,是一个"低头不语,也并无畏惧惭愧"的司棋,就算这位见多识广的凤姐,也"倒觉可异"。可以这样讲,司棋在他人未知之前,如果对于自己的爱情还有着一些自我怀疑与顾虑的话,那么在这件事情"东窗事发"的那一时刻,司棋的心反而应该是坚定并平静的。既然自己的爱是不会后悔的,那么自己所做的事,也是两情相悦而无他人强迫的,既无他人强迫,那自己又何生愧疚?于是,性情刚烈的司棋,便因自己的爱情而被赶出了大观园。

前八十回关于司棋的故事,便在宝玉的一番荒诞的"女人与珠"的感叹之中结束了。因为我们并无从知晓曹雪芹到底想将司棋的结局写成什么样子,可是我们却也能从她的名字看出,这个女儿的情事,必也将是在世人来看的一段奇闻。那么,高鹗在续写此书时,又将如何续笔司棋与潘又安之间的爱情传奇呢?

在后四十回高鹗的续书中,司棋的情事被写得过于做作。我们可以想得出高鹗在写此段文字时,是参照着司棋之前所说的那一句"纵然是闹了出来,也该死在一处"而生发出来的情节构思;而高鹗又怎么能体会得到原作者那对于痴情之人心思的细腻与决绝呢?于是在描写司棋被撵之后的事情中,竟有了以下这一段描写:

"自从司棋出去,终日啼哭。忽然那一日他表兄来了,他母亲见了,恨得什么似的,说他害了司棋,一把拉住要打。那小子不敢言语。谁知司棋听见了,急忙出来,老着脸和他母亲道:'我是为他出来的,我也恨他没良心。如今他来了,妈要打他,不如勒死了我。'他母亲骂他:'不害臊的东西,你心里要怎么

-139-

样?'司棋说道:'一个女人配一个男人。我一时失脚,上了他的当,我就是他的人了,决不肯再失身给别人的。我恨他为什么这样胆小,一身作事一身当,为什么要逃?就是他一辈子不来了,我也一辈子不嫁人的。妈要给我配人,我原拚着一死的。今儿他来了,妈问他怎么样。若是他不改心,我在妈跟前磕了头,只当是我死了,他到哪里,我跟到哪里。就是讨饭吃,也是愿意的。'他妈气得了不得,便哭着骂着说:'你是我的女儿,我偏不给他,你敢怎么着?'那知道那司棋这东西糊涂,便一头撞在墙上,把脑袋撞破,鲜血直流,竟死了。

　　这样写表面上看,好像的确是遵照了曹公的本意,司棋从一而终,宁死不事二夫,心只所系于潘又安;而仔细分析,却仍然让人有一种阅读起来前后不是很顺畅的感觉。如果说高鹗不是稍带鄙视司棋的爱情的话,怕是不会写什么"一时失脚"、"上了他的当"这样的话了。因为那司棋原本已经绝无他念,一心跟着自己的表弟,纵然在势利的母亲与懦弱的表弟面前,也绝不会说出"失脚"、"上当"之类的话来。而后面的一句"决不肯再失身给别人",反而倒应了封建礼教之中的贞操之节。"上当"一词,褪却了司棋与潘又安爱情的两情相悦;"失身"一言,消减了司棋因情生恨的痴人本色。若司棋在自己婚姻大事的态度上有遵母之命的正统思想,也就没有私定终身一事出现;若司棋有守节之前虑,就不会轻易许身于潘又安。因为曹雪芹要刻画的司棋的爱情,必然在"知情更淫"与"情既相逢必主淫"的理念中产生出来的"情"之"奇事",与明媒正娶或贞操守节何干呢?此两句描写司棋之言,想必是因为高鹗心中信奉的封建礼教过于困绕他的笔端,既要将司棋的死写成因情而亡,却也一定要让司棋硬硬地回归到封建

第二章 / 情归何处

伦理的"正途"之中了。所以一时间给人的感觉,倒不是司棋是因情而逝,反而是因怕失身于他人的"嫁鸡随鸡,嫁狗随狗"的认命态度了。而从另一个角度来看,高鹗如此之写,倒也有几分反衬的意图在里面,或因无父母之命,或因无贞操礼教之胁迫,这个性情刚烈的女子,又怎能义无返顾地"一头撞死"?司棋之死是对封建礼教的控诉,更是因命运无法变更而采取的极端反抗。

我们再来看这段爱情传奇的另一个主人公潘又安的结局,高鹗之续笔,反而变得更加让人感觉奇怪了:

"他妈哭着救不过来,便要叫那小子偿命。他表兄也奇,说道:'你们不用着急。我在外头原发了财,因想着他才回来的,心也算是真了。你们若不信,只管瞧。'说着,打怀里掏出一匣子金珠首饰来。他妈妈看见了,便心软了,说:'你既有心,为什么总不言语?'他外甥道:'大凡女人都是水性杨花,我若说有钱,他便是贪图银钱了。如今他只为人就是难得的。我把金珠给你们,我去买棺盛殓他。'那司棋的母亲接了东西,也不顾女孩儿了,便由着外甥去。那里知道他外甥叫人抬了两口棺材来。司棋的母亲看见诧异,说:'怎么棺材要两口?'他外甥笑道:'一口装不下,得两口才好。'司棋的母亲见他外甥又不哭,只当是他心疼的傻了。岂知他忙着把司棋收拾了,也不啼哭,眼错不见,把带的小刀子往脖子里一抹,也就抹死了。"

仔细想想潘又安所说的话:"我在外头原发了财,因想着他才回来,心也算是真了",然后竟然拿出些金珠首饰来证明自己的"真心"。是否是"真心"难道非要以钱当"试心石"吗?想必曹公是不会写出来此等"恶俗"之话来;更何

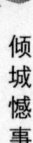

况后面的那一句"大凡女人都是水性杨花,我若说有钱,他便是贪图银钱了",这样的话真真是不该出现在这里。实在不知道是不是因为潘又安在逃跑之后所见到的女人皆是"水性杨花"或是"贪图银钱"的;亦或是高鹗在续书之时,看透了人情冷暖,便有此沧桑之语。不过好在高鹗并未完全失掉情事之"奇"一字,峰回路转,便将那潘又安写死,两人终于能在九泉之下相会,这就有了有情人生既不能相守,死便终于可以葬在一起的悲情故事。

总之,司棋与潘又安这种双双而亡的情节,不禁让人想起了汉代的乐府长诗《孔雀东南飞》中的殉情场景,一个是"举身赴清池",一个是"自挂东南枝"。那生生死死,皆是因情起,那情,倒真的如同那汤显祖所言:"情不知何起,一往而深。生者可以死,死可以生。生而不可与死,死而不可复生者,皆非情之至也。"尽管高鹗文中有些败笔之处,但从大体而言,还是体现了身为封建礼教束缚之下的女儿家的不幸。司棋是不幸的,加上她又身为贾府奴婢,便更是不幸。而她所幸的,是她有一个真心爱着她的男人。如果司棋死时知道潘又安为她殉情,那么他们在黄泉路上相遇,必将是喜极而泣,毫无遗憾吧?

而文学作品终究是文学作品,活在当下的我们,如何正确面对爱情路上的曲折与阻力,却是我们需要冷静思考的。刚烈得坚决绝不是丧失理智的借口;爱情的忠贞也不是放弃生命的唯一目的。在父母眼中,自己的子女永远是最完美的那一个,所以在挑选配偶一事上,必然有着自己的偏爱与隐衷。毕淑敏曾经说过一句话:"一些事情,当我们年轻的时候,无法懂得。当我们懂得的时候,已不再年轻。世上有些东西可以弥补,有些东西永无弥补。"从现代社会来看,如司棋

第二章 / 情归何处

与潘又安殉情之事，也不是鲜闻。生命的最终的那一次绚烂，在血色交融之间产生出的巨大魅力是让人迷醉忘忧的，更是让人扼腕叹惜的。所以，若父母对自己所爱之人不满，莫学司棋无劝导之耐心，不如在坚定自己信念之时，体会那为父母的良苦用心，冷静而现实地对待感情问题，这才是爱情双赢的最好策略。

倾城憾事

我是"灰姑娘"——小红与龄官

> 爱过的人心里一定都活着另一个影子。那个已经分手的人。他的一举一动、后来跟谁在一起,总还是不时地传回自己的耳朵。
>
> ——刘若英

在《红楼梦》中,有两位少女是不得不让人产生敬佩之情的。这敬佩之情大多是对于她们意识中的那种超越主仆之间的阶级鸿沟而产生的,她们就是小红与龄官。

之所以要把此二人写在一起,是因为她们都是大观园里的"灰姑娘"。每个女儿,特别是那些普通得不能再普通的女孩子,其实都有着一种"灰姑娘"情结。这种情结,似乎是上天便遗传于女儿身上的。而这种"灰姑娘"情结,说白了,就是对于爱情的向往与努力追求,更多的,是寄希望于心仪的他能够透过身边众多的莺莺燕燕,发现那个真正默默爱着他的女人吧。

其实与可以受邀进入皇宫参加舞会的灰姑娘的家庭背景来讲,小红与龄官两个小姑娘的身世要更加凄惨一些。一个是作为家奴的林之孝家的女儿,宝玉身边的二等丫头；一个是从扬州买来的十二个女童，放在园子里教唱的小旦。前者默默无闻，备受奚落；后者凄凄自怨，敢作敢为。两个人不同的身世与性格，自然也就造成了她们在爱情上的不同心理与经历。

先说那小红，小红在《红楼梦》中出场的次数不多，却实为曹雪芹较为用心描写的一个丫头角色。她是众丫环中的灰姑娘，虽然极有心机却无力实展抱负。《红楼梦》中初次正面描写小红，是在第二十四回的时候，也只是阴差阳错的与宝玉递过去一杯水，却引来了众多盘查辱骂。大观园中的丫环们不计其数，曹雪芹却偏偏又将她们描绘得那样美丽。单说服侍宝玉的，袭人、晴雯、麝月、碧痕……哪一个不是宝玉的贴身宠婢？虽然小红也是宝二爷房里的丫头，可她却只是在怡红院中做些打杂的工作，如扫扫地、浇浇花、喂雀子、生生炉火而已。小红之家本是荣国府中世代的旧仆，她的父亲"现在收管各处房田事务"。宝玉未住进怡红院之时，小红便在此处呆得清幽雅静。而宝玉选择怡红院，却是在小红意料之外。故而恰中了这小红素有"妄想痴心的向上攀高"的心气，"每每的要在宝玉面前显弄显弄。只是宝玉身边一干人，都是伶牙俐爪的，那里插得下手去。"

因为在封建森严的等级制度下，就算是奴仆、婢女之间，也有着严格的规定。有些人是不能进二门的，只能在大门与二门之间；有些人是能进二门的，却不能进主人的屋子里；有些是不能进大观园的；有些能进大观园却不能进主人的屋子的。这一点，我们倒不必过多惊奇，其实在西方也是如此。英国电视剧《唐顿庄园》在第一集一开始，就向我们丰富而全面地展示了西方严格的仆役制度。

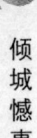

烧炉子的小女仆不能进厨房,更不能进客厅与主人的卧室;仆人们所住的地方也会因地位的不同面积和布置也大相径庭……没有错,这就是众多灰姑娘们的生活,而她们被烟熏得油腻的头发下萦绕着的依旧是期待被人拯救出水火的希望与挣扎,她们因操劳而日渐混沌的双眼间显露着的依旧是如那些小姐们一样娇柔细腻渴望爱情滋润的怀春之心。

那小红自幼见父母办事,耳濡目染,岂有不懂得主仆之间、仆婢之中身份地位的区别呢。所以在等级制度无比严格的贾府内部,小红为宝玉倒茶发生的概率是非常非常小的偶然了。那时宝玉的那几个大丫头们都有事出去了,小丫头们也趁着这个机会都跑出去玩去了。屋子里没有人,宝玉自是不想亲自倒水喝的,故而喊了几声,却进来了几个婆子。宝玉怎么能让婆子替他倒水呢?便不得已自己倒水,这时小红便自然而然地出场了:"二爷仔细烫了手,让我们来倒。"那宝玉一面吃着茶,一面仔细打量着小红:"穿着几件半新不旧的衣裳,倒是一头黑鬒鬒的头发,挽着个髻,容长脸面,细巧身材,却十分俏丽甜净。"几句话,就把小红的外貌体态描述出来了。这小红刚想充分利用这次机会接近宝玉,却不想被秋纹、碧痕撞见,于是,一场看似小丫头斗嘴,实则妒醋暗生的较量便开始了:

"秋纹听了,兜脸啐了一口,骂道:'没脸的下流东西!正经叫你催水去,你说有事故,倒叫我们去,你可等着做这个巧宗儿。一里一里的,这不上来了。难道我们倒跟不上你了?你也拿镜子照照,配递茶递水不配?'碧痕道:'明儿我说给他们,凡要茶要水、送东送西的事,咱们都别动,只叫他去便是了。'秋纹

第二章 / 情归何处

道：'这么说，还不如我们散了，单让他在这屋里呢。'"

小红好容易有接近宝玉的机会，却遭秋纹等如此讽刺，"心内早灰了一半"。于是精明的小红开始转移目标，一次偶遇到的贾芸，便自然而然地走进了她那十六岁的少女的芳心。我们且不要说她朝秦暮楚之类，因为本身对于身为家奴的小红来讲，脱离苦海的方式，要比袭人之辈困难得多。小红是"家生子儿"，即家奴所生的子女。按清律规定，"世世子孙，永远服役，婚配俱由家主"。小红是非常清楚"婚配俱由家主"是什么意思的，而所配之人，也无非是那些适龄的门童小子，依旧逃离不了受人奴役的苦海。小红非常清楚自己适合用怎么样的途径脱离不幸的身份，而对于自身处境的自怜，是导致她过于偏重理性，在旁人看来目的性极明确的根由。而有缘人必由一因而情生，《红楼梦》中所述的巧事其实有很多。而对于小红来讲，她那块遗失掉了的手帕，却成了她日后情衷于贾芸的一条红线。

现在不得不提一下贾芸这号人物了，"芸"在古时是指的一种香草，其下部为木质，故又称为"芸香树"，在《红楼梦》中，贾芸的地位，恰如这棵香草一般，虽然根部为木，意指其家教立于贾府之上，然后其人生轨迹，竟然一如草儿一般。回想黛玉的林姓，而小红之姓也为"林"，曹雪芹使其二人同姓，是大有深意。古人皆云小红为黛玉之翻版，大抵应该是从小红之后的命运与黛玉颇为相似而来。于是这小红，又是另外一株草了。贾芸、小红这两株小草，如能真的相知相守，倒也与宝、黛之情相似了。因为他们两对同时具备的是郎情妹意，心有所属的明确表态。黛玉爱冷笑，小红也爱冷笑。如果小红是那种单纯屈意奉承

的女子,又怎么会在这两位爷的面前如此表达自己冷静的观点?贾芸是贾宝玉的"干儿子",这个情节很有意思。如果说小红是林黛玉的翻版,那么贾芸在一定程度上就是贾宝玉的影子了。这一下子就明确了一个事实:宝与黛、芸与红,此两对有情人之间,必然有着很大程度上的相似之处。而较之宝、黛与爱情的结束是以悲剧收场,那么做为翻版而对立于他们的贾芸与小红,应该会有另外一种不同的结局吧?

从对于爱情一事本身的态度上看,小红有着与黛玉同样冷静的理性。黛玉的理性更大程度上内化于自身,而小红的理性则更强烈的表现在了外面。相比较之下,小红有着黛玉不敢为之的势利。这种势利是因她的出身决定的。林黛玉虽然善良、纯洁,又蔑视权贵,可她毕竟也是权贵中人,也是一位知书达礼的大家小姐;而小红的平庸与势利,是一种对于"王侯将相宁有种乎"的不满,更是一种对于自身不幸命运的主动抗争。她就像一块融合在青石之下的朴玉,一旦得见天日,必能在千凿万刻之中,体现出她那惊人的美丽来,这就是灰姑娘的力量。小红遗失的那块手帕与灰姑娘留下的那只水晶鞋是多么的相似,因为它们都是日后有情人走到一起的爱情信物。

就算她接近贾芸的最初目的在以爱情至上的人眼中,是多么的不够纯洁,可在当她决定寄情于贾芸之后,小红的表现就变得和怀春的少女无二了。她偶发春情,便将对于贾芸的暗恋在梦中表达得如此赤裸,可见也是一位敢爱敢恨的多情女子。小红是精明的,她心思缜密,无事不从心里思量一番,她知道自己暗暗系情于贾芸,这对身为大观园里的丫头来说是万万不可的。所以她不如之

第二章 / 情归何处

前在宝玉面前那样张扬，而处处小心了。当她见到贾芸坐在山子石上的时候，"待要过去，又不敢过去，只得闷闷的向潇湘馆取了喷壶回来，无精打采，自回房内倒着去。"才不过见了几面，并无深交，倒像黛玉一般，完全地把自己的心思交予了贾芸一人。可见恰痴如黛玉，或因一颦一笑皆因所爱之人则生，真让人叹息不止。

灰姑娘想要接近心仪的王子，是需要用非常手段和他人的帮助的。小红没有神仙相助，只有一个小丫头坠儿，这坠儿所充当的，恰巧是红娘的角色了，她在不能明露心事的小红与落魄公子贾芸中间穿着针，引着线。小红与坠儿的关系，恰如当今我们所讲的"闺密"，那宝钗扑蝶后无意听到的她们二人的对话，恰恰是好友间最私密的对话了，可就算是这一对话，却也听得大有深意：

"'你瞧瞧，这手帕子果然是你丢的那块，你就拿着。要不是，就还芸二爷去。'又有一人道：'可不是我那块！拿来给我罢。'又听说道：'你拿什么谢我呢？难道白寻了来不成？'又答道：'我既许了谢你，自然不哄你的。'"

"又听说道：'我寻了来给你，自然谢我。但只是拣的人，你就不拿什么谢他？'又回道：'你别胡说。他是个爷们家，拣了我们的东西，自我该还的。叫我拿什么给他呢？'又听说道：'你不谢他，我怎么回他呢？况且他再三再四的和我说了，若没谢的，不许我给你呢。'半晌，又听答道：'也罢，拿我这个给他，就算谢他的罢。……'"

结合前文理解，这回小红与贾芸原来的暧昧暗生，竟然一下子变成了互送定情之物了。而她们在说话时的小心谨慎，恰恰是结合当时所处的环境及小红内心

的理智与警觉有关。如果没有之前被秋纹、碧痕的一段辱骂,又何来今日小红在情事上的心细如丝?如果小红不中意于贾芸,又何来"只当我们说顽话"的明哲处世?可以这样讲,小红较黛玉多出个心眼,正是在于她们有足够的机智与圆滑在人心叵测的大观园中坚强地生存下去,对情也好,对人也好,无一不小心呵护,谨慎行事,这正是黛玉性情中所缺乏的求生之道。所以黛玉虽因情而早夭,而小红却作为黛玉的影子,用着另外不同的人生理念,走上了一条稍显光明的大路。

可以这样讲,小红更像我们当今社会中的一位姑娘,具理性与感性于一身,既无宝钗的过度理性,又无黛玉的过度感性。她明白"什么时候需要冷静,什么时候需要热情,什么时候需要忍耐,什么时候需要果断。"(邱瑞平《红楼撷英》)她有着非常明确的生活目标,而这种生活目标的确立,无一不是她自身思考后的产物。所以小红心系贾芸,情痴与黛玉又颇为相似。她虽为黛玉的影子,却没有黛玉的自怨自艾,纠结于生死之间,她知道生活需要拼搏,需要自身的奋斗。虽然她与贾芸的定情信物,同样是手帕,却或多或少充满些喜感,让人不禁希望此二人能顺利走在一起,不要出现如宝、黛一般的爱情悲剧。虽然我们已经看不到八十回后书中小红的真实经历,却仍然能够从那丝丝的草蛇灰线中,寻得两人最终走到一起的欢喜结局。

再看龄官。因元妃省亲,贾府派贾蔷去姑苏采买了十二个女孩子回来学戏,贾蔷去了姑苏挑女孩子,龄官是其中之一。龄官因而到贾府中,住在梨香院学戏,学的是小旦。"采买"二字,将人像物品一样购置,这在龄官的内心里是造

第二章 / 情归何处

成极大伤害的。初次登场便极具个性。元春省亲之时，见她演《离魂》演得极好，便很喜欢她，叫太监赏了她，又命她再演两出。贾蔷让她演《游园》、《惊梦》二出，她因不是本角的戏，不肯演，非要演《相约》、《相骂》，贾蔷扭不过她，只要依了她。元春看后很是喜欢，说"不可难为了这女孩子，好生教习"，又赏她东西。这是龄官正本第一回，她那不屈于权贵的倔强脾气，更多的是她对于演戏这个职业存在着一种敬畏之心，哪怕是高高在上的贵妃，她也不会因此让步的。

其实之所以曹雪芹会如此重点刻画此女子，却是因为这个女子与小红一般，同样是林黛玉的另外一个影子。"眉蹙春山，眼颦秋水，面薄腰纤，袅袅婷婷"，这是宝玉所见的龄官的体态神情，又怎么不像初见黛玉的那番模样？再不够详细，那么请看下文：

"至晚散时，贾母深爱那作小旦的与一个作小丑的，因命人带进来细看时，益发可怜见。……凤姐笑道：'这个孩子扮上活像一个人，你们再看不出来。'宝钗心里也知道，便只一笑，不肯说。宝玉也猜着了，亦不敢说。史湘云接着笑道：'倒像林妹妹的模样儿。'"

而纵然如此，龄官的不幸却较之出身为贵族家小姐的黛玉苦上不知多少倍。她身为优伶，是大观园中地位最为低下的人。她的身姿一如黛玉，语气中的冷然傲骨一如黛玉，就连所生的咳血之病也一如黛玉。既然这些地方像黛玉，那么如小红一样，还有一处最重要的也如黛玉——痴情之处。

可以这样讲，龄官是曹雪芹放进大观园的黛玉的民间翻版，而这个翻版，

与小红作为"家生子儿"不一样的地方在于,她少了些卑颜屈膝的奴性,多了些直面抗争的人性。这样的人性觉醒,与小红努力向上攀爬的心机不同,而是心寄于飞翔到深庭高墙之外的鸟儿一般的。那胸中凝结着的,是完全出于对自由的渴望。纵然是对于她所心爱之人贾蔷,她也丝毫不掩饰这样的向往:

"贾蔷道:'买了雀儿你顽,省得天天闷闷的无个开心。我先顽个你看。'说着,便拿些谷子,哄的那个雀儿果然在戏台上乱串,衔鬼脸旗帜。……龄官冷笑了两声……道:'你们家把好好的人弄了来,关在这牢坑里,学这个劳什子还不算,你这会子又弄个雀儿来,也偏生干这个。你分明是弄了他来打趣形容我们,还问我好不好。'"

当她所爱的人违反了她的自由意志的时候,使她感到人格受了侮辱,她是宁可为了自由而牺牲她的爱情的。身世的不幸,造成了她对人生的最深刻反思与最顽强的反抗。在人格上面,她是完全独立的。这让人不禁想起一首诗:"生命诚可贵,爱情价更高,若为自由故,两者皆可抛!"

正是这样向往自由生活的女儿家,在对于自己的终身大事方面,也有着与大观园中其他女孩子不同的性情表现。记得第三十回宝玉挑逗金钏儿,被王夫人训了一顿,自己没趣,忙进了大观园来。却见蔷薇花架之下,有人哽噎之声,只见一个女孩子蹲在花下,手里拿着根绾头的簪子,在地下抠土,一面悄悄的流泪。待宝玉细看之时,发现她虽然用金簪划地,并不是如黛玉般掘土埋花,竟是向土上画字。宝玉用跟随着簪子的起落,一直一画、一点一勾地看了去,一想原来是个"蔷"字。宝玉以为她是要作诗填词,却只见她还在画这个"蔷"字,画了足有几十个之多。宝玉看着,不觉又被她所痴倒。

能让宝玉痴病又起的,除了黛玉,怕龄官又是一个了。她的痴情,可能较黛玉的才情双全相比,无法及其一半。可是龄官是演小旦的,那剧中或悲或喜的故事情节,或哀或怒的人物表情,都无时无刻不在影响着情窦初开的少女芳心。我们还记得元春省亲的时候龄官演的《离魂》吧。《牡丹亭》中最为凄美的一段:"海天悠、问冰蟾何处涌?玉杵秋空,凭谁窃药把嫦娥奉?甚西风吹梦无踪!人去难逢,须不是神挑鬼弄。在眉峰,心坎里别是一般疼痛。"那哀怨伤感的唱词,是龄官日夜吟诵的;那丽娘娇娜的病态,是龄官常常模仿的;那少女因情生怨,又岂是黛玉一人独享的女儿悲情?

龄官的眼中,是只有贾蔷一人的。这种对于爱人的忠诚与坚守,是又如黛玉一般的了。宝玉想让龄官给他唱《牡丹亭》,龄官"正色说道:'嗓子哑了。前儿娘娘传进我们去,我还没有唱呢。'"宝玉与他人厮混惯了,众女孩子都宠着他,哄着他,哪里见过如此冷冰冰的脸色?宝官的一番话,却道出了其中的缘由:"只略等一等,蔷二爷来了叫他唱,是必唱的。"虽然同为二爷,宝玉的地位当然要比贾蔷高贵很多,可龄官却偏偏听贾蔷一人的,这不免使宝玉心中纳闷。

见龄官以笼中雀儿自比,哀叹自己身处牢笼之中不得自由时,"贾蔷听了,不觉慌起来,连忙赌身立誓,又道:'今儿我那里的脂油蒙了心!费一二两银子买他来,原说解闷,就没有想到这上头。罢,罢,放了生,免免你的灾病。'说着,将雀儿放了,一顿将那笼子拆了。龄官还说:'那雀儿虽不如人,他也有个

老雀儿在窝里,你拿了他来弄这个劳什子也忍得!今儿我咳嗽出两口血来,太太打发人来找你,叫你请大夫来细问问,你且弄这个来取笑。偏生我这没人管、没人理的,又偏病。'说着,又哭起来。"这哪里是一般的抱怨啊,这是明显带着故作姿态的撒娇嘛!当贾蔷听她一番话想去马上请大夫时,龄官又说:"站住。这会子大毒日头地下,你赌气子去请了来,我也不瞧。"这哪里是一般的女孩脾气啊,这分明是带着关怀贾蔷的心疼之语嘛!贾蔷与龄官,互相爱恋着、关心着,他们的生活,有情感的滋润,显得如此有韵味。

再一次的,宝玉为此情意绵绵的对话而痴了。终于宝玉也心有所悟,"昨夜说你们的眼泪单葬我,这就错了。我竟不能全得了。从此后,只是各人各得眼泪罢了。""任凭弱水三千,我只取一瓢饮。"高鹗之续书纵有千般不是,可是这一句话,恰恰却迎合了曹雪芹的原意:我原本是情于人世间所有之女儿情;此番看来,我只需要钟情于黛玉一人,便可以了。黛玉的眼泪是独为宝玉一个人而流的,而龄官的眼泪也是独为贾蔷一人而淌的。那纵然不可全得,又有何遗憾呢?龄官与贾蔷的爱情,正好为泛爱的贾宝玉上了最生动的一课,让他终于对人生、对爱情有了新的认识。

可是,纵然对于爱情如此坚贞的龄官,当面对关于自己人生道路的选择的时候,还是义无返顾地选择了离开贾府。这又是为什么呢?

"侯门一进深似海",龄官不会不知道身在这富贵之家,以自己的脾性的结局将会是如何。她不会做些刻意讨好主子的事,自然自己的身家性命也会落得如晴雯一般下场。与其等着被"处治",不如先行离开这"牢坑"!龄官与小红不同

第二章／情归何处

之处在于，如果说小红仅仅想从贾芸的身上得到一种"终身"的依靠，那么龄官则是为自己找一个可以在两性之间得到平等态度的理想状态。她对于爱情追求的前提，是在于她所寄希望于女性在其中也能得到人格上的尊重。龄官比小红拥有更多的，是对自身地位的深刻反思。小红为奴，虽然有意于贾芸，却必须承认她仍然存在于奴性之中。而龄官为奴，却跳出奴性之外，对现实有着无比清醒的认识；再加上她一如黛玉敏感而丰富的内心世界，她又怎么能没有一种预感——她与贾蔷的爱情，又将是一场让她绝望并会灰飞烟灭的苦恋呢！她清楚地知道《西厢》与《牡丹》只不过是文人的一厢情愿，"有情人终成眷属"对于她来讲也不过是一句痴文，于是，龄官选择了离开。宫中老太妃薨了，朝廷下令，"各官宦家，凡养优伶男女者，一概蠲免遣发。"当贾府决定买来的十二个伶官，愿意回去的，叫父母来领回去，有不愿意回去的，就留下。愿去者四五人，其中就有龄官。龄官一走之后，杳无音信。我们其实可以联想到，性情刚烈的龄官，离开这样的大家族，纵然锦衣玉食换成了荆裙糟糠，只要她的内心感到是自由的，她也一样会过得很好！那么舍弃了与贾蔷之间的爱情，又能如何？

她为他哭过，她为他笑过，她为他吟过，她为他唱过……她的心里有的，只是他的言、他的行、他的神、他的情。而他呢？她知道贾蔷身为贾家子弟，身上多少会带有些贾氏的不良俗气，纵然此时钟情于她，而难保他日曲终人散，冷落一旁。这正应了第一回的甄士隐所言的《好了歌解》："昨日黄土陇头送白骨，今宵红灯帐底卧鸳鸯"了。那么纵然知道他现在对她专情，也难保自己不是他命里的唯一。不如归去，不如归去。她与贾蔷的爱情，那么浓烈，也就此终结。

倾城憾事

同样身为"灰姑娘",龄官的爱情之路,可能要走得更加的光明坦荡一些。这不光是因为龄官本身的性情中就有不畏权势、我行我素的性格特点,更重要的,她竟然与《简·爱》中的简一般,有着古代女性追求独立与自由的抱负。这种抱负,可能较之男人的齐家治国平天下来看,也是颇具女儿家气的,有些时候甚至会遭来异性的不理解和否定,实则是男权中心太过强势,在社会中将女性的地位定得过低,从而在普通人眼中看来,龄官倒有些死犟顽固的硬脾性了。而也许我们现代看来,女儿家的这种刚烈的犟脾气,多少有些失了女儿的柔弱姿态,可在当时女儿家均为柔弱姿态的大观园之中,她的这股子刚烈劲,却一如鸳鸯、晴雯、尤三姐般,在大观园群芳图之中,扮演着支撑女儿们渴望得到尊重而非亵玩的美好愿望。

打开电视,翻开小说,多数是灰姑娘终于得到王子钟情一生的故事情节,这些故事里的女子,用她们的眼泪,放大了我们对超越一切阻碍之后而得到的情定一生的美好理想。这种理想,却必定会如开放性结局的电影般,告诉着我们未尽的故事,让我们有对着电视想象着"我若如此,则应该如何"的痴痴神态。却不知道纵然灰姑娘之前受尽艰苦,却也要有传统女性那骨子里的不服输与隐忍支撑着自己脆弱的生活处境。生活带来的磨难,让我们幻想着有一个不愁衣食的男人带我们走出困境,让我们的双手不再日益粗糙,让我们的双眼不再日益混沌。多少女子将自己拴在貌似不用考虑人间烟火的爱情之中,期冀着爱情能帮她们超越一些金钱、身份、家教、地位种种阻碍。所以我们可以看到,偶像剧中所有的男主角,都是极负正义感的富家子弟,狂妄也好,任性也罢,却实在是个大英雄,

第二章 / 情归何处

在大事件上深谋远虑,并且常常是个真正的绅士,而围绕在他们身边的莺莺燕燕,纵然诗书饱读,学有小成,却大多心地不良,阴险狠毒,似乎与其家教背道而驰。灰姑娘纵然不懂琴棋书画,不通诗词曲赋,却也能因自身的个性独特之处,赢得男主角的倾爱。可悲的是如此落套的故事情结,最后的结尾也不过是终场于男女主角结婚之时,而结婚之后的事却一概不表。大抵也无故事可论,无非又是"从此王子与公主",噢,不,是"王子与灰姑娘"过上了幸福的生活。

不如看看《红楼梦》的这些"灰姑娘",经典流传于世,必将有其独特之处。不论小红还是龄官,无一不具有着其独特的人格魅力。让我们慨叹的,不仅仅是女儿的多情与细腻,更多的,是她们对于自身命运的深刻反思。对于我们当今的以"灰姑娘"自诩的众女子来讲,是学小红还是学龄官,必将是其最重大的人生抉择。

倾城憾事

隐形的翅膀——鸳鸯、紫鹃

一个人只要宣称自己是自由的,就会同时感到他是受限制的。如果你敢宣称自己是受限制的,你就会感到自己是自由的。

——歌德

还记得龄官说过的一句话:

"你们家把好好的人弄了来,关在这牢坑里,学这个劳什子还不算,你这会子又弄个雀儿来,也偏生干这个。你分明是弄了他来打趣形容我们,还问我好不好。'"

没错,如果把大观园比作用金丝编织成的牢笼应该是最恰当不过的了,那么这些生命中散发着几丝天真、几缕幽怨的青春少女们,就像是被锁进笼中的鸟儿一般,纵然歌声婉转动人,纵然身影清新秀丽,纵然它们的羽毛上还带着风儿吹过的几分轻柔与妩媚,也无法振动起它们那渴望飞翔在天际的翅膀,畅游于林间草上。

在如笼子般的这大观园中,有两个姑娘有着如鸟儿般动人的名字,她们一个

第二章 / 情归何处

叫鸳鸯,另一个叫紫鹃。

提起"鸳鸯"这两个字,读者首先想到的,应该是那在池中相伴左右,悠然自得的水鸟吧?我国的古人很早就注意到鸳鸯成双配对的习性,故而将其比作夫妻,并引申为爱情的象征。那句最出名的"只羡鸳鸯不羡仙"一句,就出自唐代诗人卢照邻《长安古意》一诗之中。那么《红楼梦》中的鸳鸯,是不是也会有着与她的名字那样美好而幸福的生活呢?很遗憾,作者虽然赐予了这个姑娘最美好的名字,却并没有赋予她最美丽的人生。那么,让我们走进这个姑娘不幸的生活中去感受她的情感世界吧。

鸳鸯是贾府的"家生女儿",就是由贾府的仆人相结合而生下的"仆二代"。父母在南京为贾家看房子,哥哥是贾母房里的买办,嫂子是贾母房里管浆洗的头儿。她从小就在贾府生活,是贾母的贴身丫头,并深受其信任。贾母视她如自己的左右手一般,时刻离不开她。因为从小受到家教的影响,她对于仆人的身份与作用应该是有自知之明的,所以应该说鸳鸯对于自己是婢女的身份,接受得自然与顺从,并将做奴婢的规矩了解得一清二楚。由此一来,她作为贾母的贴身丫头,在贾母面前以及上下左右的各种关系上,都自理得相当自如,并能讨人喜欢。

作品中对她的描述次数是很多的,所以她的人物特征应该是无比鲜明的。

首先看这鸳鸯的长相。在第四十六回处,作者借邢夫人之眼,向我们描绘出了鸳鸯的长相:"只见他穿着半新的藕合色的绫袄,青缎掐牙背心,下面水绿裙子。蜂腰削背,鸭蛋脸面,乌油头发,高高的鼻子,两边腮上微微的几点雀

斑。"翁学民在《从鸳鸯脸上的雀斑谈起》一文中曾经就曹雪芹的这样写作手法表示相当的肯定：

"显然，把美人的'陋处'或'斑点'描绘出来，人物形象更加真实可信，点出鸳鸯脸上的雀斑，不仅没有削弱她的美，反而令人更感真实了。相反，那种'美则无处不美，恶则无处不恶'的绝对化的创作手法是不真实的，老舍先生就曾指出，'把一个人写成天仙一般，一点都看不出她是由猴子变来的，便过于骗人了。'"

的确如翁先生所言，现实中不可能存在毫无瑕疵的美人，那么作品中又何必给人以完美无缺的假象？试看《红楼梦》之中，又有几个女子是毫无缺点的？雀斑的存在，丝毫不会减少鸳鸯长相给人带来的亲切感，反而更平添了如邻家女孩般的几分柔媚。

从贾母所喜欢的人中看，有伶牙俐齿的凤姐，有聪明巧手的晴雯，有干练泼辣的探春，除去亲孙子宝玉与最喜欢的外孙女黛玉之外，我们可以看出：贾母喜欢的是聪明人，这个条件在人数众多的贾府之中并不难满足。可难的是，她喜欢的是大方舒展的聪明人：既要有奴才的服务水准，却不能带出奴才的卑微气质。和王夫人喜欢顺从温和的袭人不同，这个时髦老太最喜欢的鸳鸯，自然也是最不带奴才相的奴才了。

同平儿一样，鸳鸯身上还有另一处让人觉得遗憾的地方，就是不识字，当然也就更谈不到懂诗了。可是鸳鸯却也有她最擅长的一面——精通为人处世之道，并已达化境，有自己独到的判断力。连贾母这个贾府最尊贵的老太太，都要时刻听她的。贾母打牌，她帮忙看着；贾母宴请吃酒，她充任令官。更特别的是，她

第二章 / 情归何处

还敢和凤姐开玩笑,一边奚落凤姐,一边把那剔蟹壳黄子的手,向着凤姐脸上去抹。在第三十九回处,李纨对鸳鸯有这样一翻评价:

"……老太太屋里,要没那个鸳鸯,如何使得?从太太起,那一个敢驳老太太的回?现在他敢驳回。偏老太太只听他一个人的话。老太太的那些穿戴的,别人不记得,他都记得。要不是他经管着,不知叫人诓骗了多少去呢。那孩子心也公道。虽然这样,倒常替人说好话儿,还倒不倚势欺人的。"

深得贾母喜欢,鸳鸯自然也不会辜负贾母的这番信任。纵然善于在人名前面加一字定褒贬的曹公,并没有明确在鸳鸯的头上加上"忠"这一个字,可是鸳鸯在前八十回中,却处处体现出了一心一意为贾母的忠心。她的忠,是自然散发出来的人性光辉,没有丝毫的造作,没有半点的伪善。

在《红楼梦》一书中,与鸳鸯有大关联的正文有三处,一处是在四十回中的"金鸳鸯三宣牙牌令",一处是在司棋与潘又安私会时,鸳鸯无意中撞见,并发誓绝不说出去,而正表鸳鸯个性,则是在第四十六回中开始显现的。

"鸳鸯抗婚"是《红楼梦》中不可以忽视掉的重大事件。不仅仅因为鸳鸯在抗婚这件事中所体现的绝然的反抗,更是因为通过这件事之后,鸳鸯的性情发生了非常重要的转变。

在一开始之初,鸳鸯身为贾母身边的红人,和贾府的其他主子之间和平相处,看上去平安无事,有事没事还可以开开玩笑之类的。当贾赦看上了鸳鸯,并三番五次强迫鸳鸯从命之时,鸳鸯那隐藏在温和性格之下的坚强与独立判断力,终于体现得淋漓尽致,这个看上去柔弱的少女体内,终于暴发出了一股强大的反

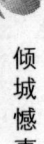

抗力量。

尽管贾赦姬妾成群,但是他还是看中了贾母身边的鸳鸯,于是开始了他威逼利诱的计划:先是由邢夫人亲自出马,许给她许多好处,甚至跟她说:"你这一进去了,进门就开了脸,就封你姨娘……"因为邢夫人没有生过孩子,她说:"过一年半载,生下个一男半女,你就和我并肩了。"但是鸳鸯丝毫不为名利所动,她非常冷静,就是不发一言。鸳鸯很有主见,她知道,邢夫人在贾府的长房根本说不上话的,这次来也肯定只是贾赦一个人的意思,对于邢夫人,说什么也是白说。我们可以看到,鸳鸯在这件事上的态度是相当明确的:

"老太太在一日,我一日不离这里。若是老太太归西去了,他横竖还有三年的孝呢,没个娘才死了他先收小老婆的!等过了三年,知道又是怎么个光景,那时再说。总到了至急为难,我剪了头发作姑子去。不然,还有一死。一辈子不嫁男人,又怎么样?乐得干净呢!"

只可惜当时听到此话的平儿与袭人,都将这段话当成玩笑话来对待。这是自然,对于平儿与袭人来讲,看起来即将到手的姨娘身份是那样的光鲜与美好,让她们忘记自己的出身与血泪,更忘记了自己处于怎样一个危机的环境之中。她们三人,只有鸳鸯是冷静的,她非常清楚地意识到,如果一味地顺从主子,将会有一个怎样悲惨而悔恨的结局。所以鸳鸯才会如此骂道:"两个蹄子,不得好死的!人家有为难的事,拿着你们当作正经人,告诉你们,与我排解排解,你们倒替换着取笑儿。你们自为都有了结果了,将来都是做姨娘的。据我看,天下的事未必都遂心如意。"于是鸳鸯决定反抗了,虽然她也很明白,自己所指望的靠

第二章 / 情归何处

山,只是行将就木的老太太一个人罢了,可是纵然有一丝希望她也不会轻易认输。于是邢夫人、贾赦就找了鸳鸯的哥哥、嫂子出来动员她,结果又被鸳鸯一顿痛骂。

果然,贾赦恼羞成怒,放话出来:

"自古嫦娥爱少年,他必定嫌我老了,大约他恋着少爷们,多半是看上了宝玉,只怕也有贾琏。果有此心,叫他早早歇了心,我要他不来,以后谁还敢收他?此是一件。第二件,想着老太太疼他,将来自然往外聘作正头夫妻去。叫他细想,凭他嫁到谁家去,也难出我的手心。除非他死了,或是终身不嫁男人,我就伏了他!若不然时,叫他趁早回心转意,有多少好处!"

话如其人,不用看到那张扭曲的丑脸,光听那一席话就已经足够了。鸳鸯被吓到了吗?没有!自由为贵,死不足惜。于是,鸳鸯终于动用了她手中最大的一张王牌——贾母。

鸳鸯在贾母面前表示,无论如何也不会从命的。她明确的表示:

"我是横了心的,当着众人在这里,我这一辈子,别说是'宝玉',便是'宝金'、'宝银'、'宝天王'、'宝皇帝',横竖不嫁人就完了!就是老太太逼着我,我一刀抹死了,也不能从命!若有造化,我死在老太太之先。若没造化,该讨吃的命,伏侍老太太归了西,我也不跟着我老子娘、哥哥去,我或是寻死,或是剪了头发当尼姑去!"

这是鸳鸯第二次当众表示自己为了争取自己的独立与个人命运的掌控权力,宣布非死即出家的话了,为了表示自己心意已决,她竟然还在袖子里藏了一把剪

子,一面说着,一面左手打开头发,右手便铰。作为封建时代的婚姻标准的金钱、权势和地位,就这样被鸳鸯果断而干脆地否定与抛弃掉了。

自然,在贾母的支援之下,抗婚之计终于暂时取得了胜利。但是鸳鸯应该知道,这种胜利的持久时间不会太长,因此纵然后四十回散尽,我们也不难想到鸳鸯命运的最终结局,要么如高鹗所书,追随离世的贾母而死,要么则剪断三千青丝出家了吧?

总体来讲,曹公取鸳鸯之名,应该有他的道理在其中的。那种对爱情的向往与坚持,又怎能不是每一个怀春少女日夜思考的永恒命题呢?有人说鸳鸯是《红楼梦》中最绝情的一个女子,可是怎么可能呢?按鸳鸯平时所做所为,举手投足之间都是一个通情达理、体贴可信的女儿家。那么鸳鸯的绝决,只有一种可能:不是无情,而是不知情归何处啊!

原与鸳鸯同属于贾母屋内的婢女,还有紫鹃。在第三回中,贾母见黛玉只带了两个人来,"一个是自幼奶娘王嬷嬷,一个是十岁的小丫头,亦是自幼随身的,名唤雪雁",贾母"料黛玉皆不遂心省力的,便将自己身边的一个二等的丫头,名唤鹦哥者,与了黛玉。"至于鹦哥是不是后来的紫鹃,这应该不成问题。因为宝玉的贴身丫头袭人,在侍奉贾母时叫珍珠,后来到了宝玉处才改名叫袭人。鹦哥就是紫鹃,这点应该不会有错。

紫鹃的名字应该来源于杜鹃的传说吧?传说中古蜀国国王杜宇死后,魂化为鹃鸟(即杜鹃),日夜悲啼直至吐血。"紫",红色也;"紫鹃",即"滴血杜鹃",用此典再配上斑竹之典,怕是最契合黛玉与紫鹃二人的关系了。紫鹃后

第二章 / 情归何处

来成为黛玉身边十几个女仆当中地位最高的一个,尽管紫鹃的戏份相对较少,出场的机会也不多,几乎没有什么独立活动。但即便如此,紫鹃却格外值得人们注意,这是因为,唯有她敢于批评黛玉!

在第二十九回宝、黛二人因张道士提亲一事大吵特吵之后,紫鹃便劝黛玉:"若论前日之事,竟是姑娘太浮躁了些。别人不知宝玉那脾气,难道咱们也不知道的?为那玉,也不是闹了一遭两遭了。"对于小心眼的黛玉,如此毫不客气地指出黛玉的缺点,怕是只有紫鹃这一人敢如此做吧?可是对于"浮躁"的罪名,黛玉哪有轻易承认之理,于是紫鹃又说道:

"好好的,为什么又剪了那穗子?岂不是宝玉只有三分不是,姑娘倒有七分不是?我看他素日在姑娘身上就好。皆因姑娘小性儿,常要歪派他,才这么样。"

紫鹃其实明白得很,宝、黛二人吵得越凶,就代表彼此在对方的心中的地位越重要,对于黛玉而言,宝玉就是她的一切,所以紫鹃总是处处以宝玉对她如何好来打动她。可以这样讲,黛玉与紫鹃虽然名为主仆,实则情深似姐妹了。

紫鹃对于黛玉的关心,渗透在《红楼梦》一书的各个章节,她第一次以"紫鹃"的名字在书中出现,是派雪雁给林黛玉送手炉。在以后的章节中,我们还可以看到这样一些细节:当黛玉久久伫立于花荫之下,向怡红院张望,看见贾母、王夫人等去探望卧床的宝玉时,联系到自己的身世,想到有父母的好处,泪流满面,紫鹃将她从悲伤中唤了出来:"姑娘吃药去罢,开水又冷了。"中秋之夜,林黛玉和史湘云在寂静的凹晶馆联诗琢句,深夜未归时,紫鹃又满园寻找,生怕黛玉累着,冻着。在第六十七回,林黛玉收下了薛蟠从江南带来由宝钗分送给她

的礼物,其中有黛玉家乡苏州虎丘的自行人,黛玉睹物而思乡,由思乡而伤已时,紫鹃"深知黛玉心肠,但也不敢说破",便做了一番劝慰开导,让黛玉不要伤心,免得宝姑娘误会,又提到如今身体在慢慢变好,但还没有大好,要自己珍重。如果哭坏了身子,叫贾母看着添了烦恼。紫鹃的话语中有安慰,有批评,但又说得十分得体,一片真情自然流露。

紫鹃不仅在生活上对黛玉体贴细心,尽显聪慧可人的本质,在精神上更是黛玉的忠实支持者。在大观园里,只有她真正理解宝、黛之间的爱情。这也是黛玉引紫鹃为知己的一个重要原因。可以这样讲,虽然紫鹃自己并没有心仪的另一半,可是从自己所侍奉的黛玉与宝玉之中,紫鹃也能够充分体会到爱情这一个神奇的感觉给人带来的酸甜苦辣。

学者冯家甯有言:"(紫鹃)大似鸳鸯。"没错,仔细想来,这两个人之间的确有很多相似之处。如她们都对自己的主人无比忠诚,对事物的看法都有自己的独到判断能力,虽忠却不是愚忠,遇事冷静,又聪慧过人。更重要的一点,是紫鹃与鸳鸯一样,虽然心无钟情之人,却对"情"一字有着非常明确的理性认识。正如汪精卫在《红楼梦新评》一文中论道:

"于《红楼梦》得深于情之人二焉:一曰紫鹃,一曰鸳鸯。夫二人生平,皆未有钟情之人,而顾谓其深于情者,以爱情之浅深,不必于其有所钟而后现也。"

在宝、黛的感情问题上,紫鹃有着自己的看法。那宝玉生长在什么样的环境之中,紫鹃不是不清楚,宝玉生活在珠围翠绕的环境中,他对黛玉的感情是否真的坚如磐石呢?这是紫鹃放心不下的。于是,出于对黛玉的一片至诚的爱心,"慧紫

第二章 / 情归何处

鹃"上演了"情辞试莽玉"一幕。她害怕黛玉喜欢错了人，只能自己主动出战，探得宝玉的真心，不仅是让自己放心，更能进一步增深宝、黛二人之间的感情，岂不是一箭双雕之美计。于是，这个聪慧的小丫头，开始了试玉的第一步。

先是宝玉去潇湘馆探望黛玉，因黛玉午觉不敢惊动，就和紫鹃到回廊上闲话，紫鹃乘机说道："'姑娘常常吩咐我们，不叫和你说笑，你近来瞧他远着你恐还不及呢。'说着，便起身携了针线进别房去了。"……"宝玉见这般景况，心中忽觉浇了一盆冷水一般，只瞅着竹子，发了一回呆……一时魂魄失守，心无所知，便坐在一块山石上出神，不觉滴下泪来。"见宝玉如此，紫鹃知其已动真情，可是还需要去再次证实一下。于是，紫鹃又"一径来寻宝玉"，"挨他坐着"，换了一种情绪，杜撰出林妹妹要回苏州的言辞来进行试探。宝玉先是不信，紫鹃便冷笑道："你太看小了人……我们姑娘来时，原是老太太心疼他年小，虽有叔伯，不如亲父母，故此接来住几年。大了该出阁时，自然要送还林家的。终不成林家的女儿在你贾家一世不成？……所以早则明年春天，迟则秋天。这里纵不送去，林家亦必有人来接的……"果然当宝玉听了之后，"便如头顶上响了一个焦雷一般"……"一头热汗，满脸紫胀"，掐人中也不管用了。

虽然这一试，在荣国府掀起了一场轩然大波。袭人兴师问罪，贾母愤怒责骂，这些都像冰雹一样砸在紫鹃头上，而紫鹃却毫无怨言，因为她试出了黛玉在宝玉心中不可动摇的地位。解了心中的疑惑之后，紫鹃放心了，接下来的一步，便是为两人的婚事而发愁了。

在同一回，紫鹃替黛玉说出了一直隐藏在黛玉心中的最难之处：

"……我倒是一片真心为姑娘。替你愁了这几年了,无父母,无兄弟,谁是知疼着热的人?趁早儿老太太还明白、硬朗的时节,作定了大事要紧。俗语说,'老健春寒秋后热',倘或老太太一时有个好歹,那时虽也完事,只怕耽误了时光,还不得趁心如意呢。"

黛玉本性懒与人共,心高气傲,从不趋炎附势,讨好奉承。她寄居贾府,孤苦伶仃,没有一点势力。纵然紫鹃知道贾母有意撮合宝、黛之间的感情,可贾母毕竟年事已高,所以紫鹃劝黛玉趁贾母硬朗便了却心事之谋是非常有道理的。

紧接着,紫鹃说出了对当时的婚姻制度无比清醒认识的话:

"公子王孙虽多,那一个不是三房五妾,今儿朝东,明儿朝西?娶一个天仙来,也不过三夜五夕,也丢在脖子后头了,甚至于为妾、为丫头反目成仇的。若娘家有人有势的还好些。若是姑娘这样的人,有老太太一日还好一日,若没了老太太,也只是凭人去欺负罢了。所以说,拿主意要紧。姑娘是个明白人,岂不闻俗语说的,'万两黄金容易得,知心一个也难求'。"

紫鹃很明确的指出:处在黛玉的情况下,已经没有什么可以去依赖的了。唯一得以依赖的,就是宝玉与黛玉之间的感情。而且这种感情在当时社会又是那样软弱无力,不能公开发展,只能在暗中进行,又受着家族权势的制约。紫鹃这些话就十分尖锐地将这种情势明白无误地提供在她面前。以黛玉的聪明自然也会想到这一点,所以在与宝玉的关系上,黛玉会十分敏锐地注视着宝玉的感情意向。黛玉那郁结于心的巨大苦痛,不了解她的人,是无法理解的。紫鹃作为真正理解她的人,不断鼓励她拿出勇气实现自己的爱情,让贾母早做定夺方可高枕无忧。

第二章 / 情归何处

可是黛玉对紫鹃的建议依旧感到彷徨,紫鹃对此解释说:"不过叫你心里留神,并没叫你去为非作歹。"所谓"为非作歹",也是极大的"越礼"行为,这在黛玉来说是不可能的。但纵然是"心里留神",这同样是一种越礼行为,也同样是为封建礼教所不容许的。由此可见,紫鹃对黛玉的帮助和劝导,与薛宝钗对黛玉的规劝完全相反,是在不断将黛玉往叛逆的道路上拉,而似乎依靠着紫鹃与黛玉平时积累下的姐妹之情,这种劝导要比宝钗更有效得多,并深深打动了黛玉的心。

可是,当紫鹃眼睁睁地看到宝、黛的爱情之火被无情的浇熄之后,她对于爱情的信仰,也最终走到了绝望与崩溃的边缘。"一向情怀婉转的紫鹃……并非由自己直接遭受挫折,而是从饱看别人的痛苦而深刻地体会到一切不能自己掌握命运的人,必然得到悲剧的结局,于是……此时希望与悲哀一齐泯化……"王昆仑在《红楼梦人物论》中说的这番话是很有道理。"哀莫大于心死",当紫鹃看到身边的有情之人那些悲惨的结局之后,想必那个聪慧无比、又有情有义的紫鹃必然会变成一个毅然决然的厌世主义者吧?

我们都似乎可以看到鸳鸯与紫鹃身上所具备的共同的美德——那种对于自由的向往和对于理想的坚持。这两个柔弱女子的身上,有着一双隐形的翅膀。这双翅膀虽然无法将她们从泥潭之中带离,却依旧为她们指引了人生的正确方向,她们为了保护这双翅膀不被人生生折断,拼尽了生命中的最后一丝气力,纵然失败依然不悔。

我们都有一双这样的隐形翅膀,只是它们不是长在我们的背部,而是我们的心间。

倾城憾事

"绝望的主妇"——王夫人、赵姨娘、薛姨妈、李纨

> 我们都犯过错使我们爱的人离我们而去。但如果我们试着从这些错误中吸取教训并成长，就还有挽回的机会。
>
> ——美剧《绝望的主妇》

富丽堂皇的贾府深院之中，存在着一群"绝望的主妇"，她们表面看起来无比风光，如童话般过着令普通老百姓们羡慕的天堂生活。可是只有她们知道自己内心的种种失落、酸楚，甚至绝望。

"完美主妇"王夫人

在贾府中，王夫人是一个"完美"的主妇。她不仅出身高贵，是京营节度使王子腾之妹，又是贵为贵妃元春的母亲。虽然她是贾家的二儿媳，也不太爱说话，却深得贾母的信任。

第二章 / 情归何处

在《红楼梦》一书中，心思最为缜密的，不是凤姐，也不是宝钗，因为她们都太过于稚嫩。虽然贾府由凤姐掌管，却不够圆滑，一味讨好行将就木的贾母以求权势；而宝钗过于自保，只是礼教之下的主动应和者。那么年事虽高已将大权交给自己侄女的王夫人，又是怎样的一个人呢？

虽然曹雪芹努力将王夫人描写一个善人，时常吃斋念佛，不苟言笑，但是在她的慈善人外表之下，深藏着的，却是自私与昏聩，武断与残忍。有人曾说："金钏儿的投井自杀、晴雯的抱屈夭亡、司棋的撞壁惨死，都是由她一手造成的。"直接致死的罪名虽然有些过于牵强，但王夫人的确在一定程度上起到了的决策力度。所以，虽然王夫人不如她的丈夫贾政那样严厉，但是她在维护封建礼教的行动上也是很积极的。宝玉的性情，王夫人不是不知道，却认为"好好的爷们"都是丫头们勾引坏的，让我们现代的人看来，也有些护犊的成分在其中吧。

除去王夫人本身对于礼数的主动维护，其实我们更能发现王夫人做为一介女子在当时社会的一种不安全感。其实这种不安全感，我们每一个女人都是有的，就是如何被自己认可，如何被他人认可，如何被社会认可。王夫人心中的不安全感，一方面来自于在贾母这个贾府最高地位的人面前的认可程度，另外一方面更来自自己在丈夫心中的认可程度。在贾母面前，王夫人身为二儿媳，其实是要比大儿媳更难为一些。因为大儿媳是嫡子之妻，又有贾琏为后，所以在继承关系上，王夫人纵然有贾珠、贾宝玉两个儿子，而在中国的正统文化之中，仍然处于一种劣势。幸而王夫人能干老实，娘家又有地位，更重要的一点则在于王夫人的儿子贾宝玉是受贾母的极度宠爱的，故而王夫人在贾母面前，那种二儿媳的劣势

稍可缓解一些。另外呢，王夫人将自己的内侄女嫁给了贾琏，也有意识地巩固了自己在荣府的地位。更何况后来自己的女儿元春被皇上封为贵妃，那么她在贾家的地位就更加巩固了。这样一看，王夫人似乎更是一位完美的媳妇，在贾府过着一人之下万人之上的尊贵生活。

按理来讲作为这样的一位妇人，她的不安全感应该会减少一些了吧？但事实不是这样的，我们要知道，她的大儿子贾珠在二十多岁时就早逝了。这样的失子之痛，对于常人来讲也很难承受，更何况是在人际斗争无比复杂的贾府内院。于是她开始担心了，纵然自己的女儿贵为皇妃，也仍然无法抵消掉男权社会之中对于男子地位的重视程度。而宝玉在贾政面前是不受重视并被极度厌弃的，又有赵姨娘所生的贾环为威胁。纵然贾母喜欢纵容宝玉，可一旦贾母离世，王夫人及其儿子的地位将前途未卜。她已经五十余岁，哪有气力再与其他女人争斗？幸而贾环也是不受贾政喜欢的愚儿，方让她的心稍有些稳当之感。长子已死，王夫人只有把希望寄托于自己的小儿子宝玉身上。她四十岁生下宝玉，纵然有心教子，但却也无力应对宝玉那天性顽劣不服管教的状态了。

在"母以子贵"的时代，不是生了儿子就可以高枕无忧的，儿子是否可以为自己带来安全感，更重要的是这个儿子能否得到丈夫的认同，能否得到当时评价一个男人是否成功的标准的认同。宝玉显然让王夫人失望了，这个儿子似乎对于求取功名没有一点兴趣，并且还喜欢说类似于"女儿是水作的骨肉，男人是泥作的骨肉"的荒唐话。于是王夫人失望了，并开始反思宝玉为什么会这样。毕竟宝玉是自己身上掉下来的一块肉，她纵然知道自己的儿子本性如何，却仍无法面对这样祸根孽胎如此风流顽劣的事实。她不愿意相信自己的儿子本性如此,并一直会这样子继续下去。于是她开始从宝玉周围的人当中找罪魁祸首,哪怕一点风吹草动都会让她草木皆兵。她开始偏执起来,认为凡是宝玉喜欢的,让他高兴的,都是让宝玉走向歧途的元凶。这样一看,宝玉喜欢黛玉,那么王夫人就自然很反感黛玉了。不仅是反感黛玉,就连体态、相貌、情神、神色皆如黛玉者,都一并进入了王夫人所仇恨与敌视的黑名单之中。她开始暗地里利用自己在贾府中的权势,用尽一切力量迫害与打击一切的"敌人"。从另外一方面,王夫人对宝钗的钟爱,其实更出于对于其自身地位的双重保障。一方面可以与王家紧密联系的薛姨妈联手进一步取得在贾府的地位;更是想利用宝钗的识大体,来当一个男人背后的贤妻,以求使宝玉回归"正途"的。

　　我们仔细想一想,当今身为母亲的女人,哪一个不想让自己的儿子出人头地,让其脸上有光呢?一旦不如己意,恨铁不成钢者有之,怨天尤人者有之,想来也是中国母亲的一种特色吧?可是,如若王夫人般一味将儿子不成材的原因归咎到别人身上,这就不是一个母亲应具备的德性了。教子需要讲究方法,而打骂或溺爱不是对自己的子女有利的教育方法。所以,如果想当一个"完美主妇"在外人面前尽量保持自己的地位与面子,真的是一件不容易的事。妻以夫贵也好,母以子荣也罢,都要有一颗平常心对待这种文化熏染。不管是古代也好,现代也罢,很多时候太过于追求这些,往往会徒增烦恼。要知道人无完人,想当一个完美的主妇,怕是世上较难的事吧。

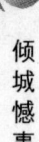

"单身主妇"薛姨妈

寡妇门前是非多,守寡的女人应该算是不幸的一件事了。特别是对于丈夫早逝的薛姨妈来讲,这样的痛苦,怕不是在乎物质,而更在于精神。

如果薛姨妈并不在乎自己在贵族地位上与自己姐姐相形见绌,安分地在老家教子育女,也算能显出她恪守着一个寡妇应尽的"本分"。而这种"本分"其实在史上早就是不鲜耳闻,并是被古代伦理教化大加颂扬的。如《明史·烈女传》记载了这样一个悲惨的事件:一位名叫李胡氏的女子二十五岁守寡,发誓终身不出家门。一天邻家起火,大火烧到她家,家人赶紧过来救她,她却把七岁男孩从门口交给嫂子,然后"抱三岁女端坐火中死",宁死也不出家门。《广州府志》也曾记载过让现在人匪夷所思的一件事:明嘉靖年间,广东南海县朱黄氏,很年轻时就守寡,她"动遵礼法",从不踏出家中大厅半步,被当时人称为"女君子"。那么薛姨妈身为大家闺秀,又年轻守寡,她在书中所做的一切,似乎都与传统礼教所歌颂的寡妇应该具备的优良美德不相符合。她不但教子无方,还大张旗鼓地举家在京城"暂住",而且一"暂住"就是几年,并参与了贾府内部大小事务。我们现在需要想的是薛姨妈为什么会放弃守寡的"本分"在贾府之中扮演这样一个角色。

其实很多时候,薛姨妈知道自己与姐姐王夫人差在何处,王夫人所嫁是真正之显贵,并依旧生龙活虎地活跃在官场的第一线,又有其女儿做保护伞;而薛家也只不过是皇商,前处分析过皇商家族同世袭贵族家庭的区别,光是这点,薛姨

第二章 / 情归何处

妈就已经在家族的气势上稍逊三分了。薛姨妈在内心深处较王夫人的不安全感是更甚的。这种不安不是在于薛家能不能使其获得至高无上的地位,而更在于自己能否在精神上去寻找到一种丧夫之后的依靠。其实薛姨妈以其富贵的家资,并没有必要抛家离乡来姐姐这里暂住。而她的动机,在于她不但需要满足自己追求金钱上的富贵,更深的一层是对于自己身为商人之妇的一种无奈。纵然王家原来也为望族之后,薛家族上也是做官的,可是到了薛姨妈这一代,基本上做的是商人这一行。官商相护,故而经商需要有为官者当靠山。她的儿子虽然与贾家的宝玉一样均不爱读书,可宝玉好歹也有一肚子的"歪才",虽然爱与女儿处厮混,却因受宠,混得风声水起,人见人爱;可自己的儿子却是那样的"不争气",满腹草莽,终日唯有斗鸡走马,并荒淫放荡,虽为皇商,却对于经济世事全然不知。薛姨妈深知,指望这样的儿子为自己寻得一个安逸舒适的晚年,简直等同于幻想。幸而她还有一个识大体、举止娴雅的女儿宝钗,于是那种对儿子的绝望与对自己未来的不安,就完全指望在了女儿的婚事这件大事上。

古人有云,齐家治国平天下,更说过"一屋不扫何以扫天下",就是认为在家国为同构的古代社会,一切社会交往的基础,都是要建立在将家庭照顾好这个前提之下的。可惜薛姨妈虽然家有孽子,却也能够在贾府这一复杂的大家子之中,应付得八面玲珑。她的生存策略就是以对上的孝顺和对下的慈爱来避免和任何人的冲突,从而在一片和平的气氛中一步步达到自己的目的。她一进贾府,就大肆宣扬金玉之论,几乎所有人都在她的暗示下,认为"这金锁要拣有玉的方可配"的姻缘方为正理。因此,她煞费心机地讨好贾母,让她喜欢宝钗,可怎奈贾

母只爱黛玉，却一直将薛姨妈一家当客对待，并不想把他们当成自家人。而宝玉本身眼中却只有黛玉，对于宝钗也经常斥责为说"混帐话"的人，并渐渐疏远，于是薛姨妈只得在姐姐王夫人处寻找帮助，最后终于如愿让宝玉娶了宝钗。可以这样来看，薛姨妈与王夫人是相互利用的。王夫人想利用薛姨妈巩固自己在贾家的地位，把宝钗当做是能拯救顽劣的宝玉回归正途和她自己立于贾府的救命稻草；而薛姨妈呢，更需要利用她姐姐这个爱子娶自己的女儿，从而为她争得在贵族阶层的庇护。于是与贾、王、薛三家有着密切相关的两个女人，在同样的不安全感之下，形成了一条共同的战斗路线。

可是我们可以想到，在这样一个昏惨惨似灯将尽的大家庭里，你指望靠着我，我也指望靠着你，相互寻求一种安全感，根本无法阻拦大树将倒的危险境地。贾府千疮百孔的局面，在一旁冷眼旁观的薛姨妈不会不清楚，可她还是想做最后一搏。因为这四大家族千丝万缕的联系，是无法割断的。如果干系无法脱离，那么不如大家就更紧密地缠绕在一起。薛姨妈是聪明的，她的良苦用心无非是想为自己女儿的终身大事找个好一些的出路，这本是她的分内之事，也是她身为寡妇最后的依靠。而那样一种大环境之下皇商没落之前的不安全感，却成了她煞费苦心攀龙附凤的背后苦衷。

在当今社会之中，人生的变数更多，妇女在婚姻上的不安感觉，比起古代来更甚。传统社会男主外女主内，男人的工作是女人的生活保障。女人对丈夫的经济依附使得女性对婚姻情感的安全可靠性更加看重。而当今的现代家庭也还是家庭妇女占多数的，纵然身为独立女性，由于传统文化的影响，也更加看重家庭可是要知道,当你对一样事物越是重视,你的不安全感就会越强。其实薛姨妈的不安全感,只不过是当今女人不安全感的一个最典型的古代例证,即如果已经不能使自己在婚姻上寻找到一种安全可依附的环境栖身,那么就要用自己儿女的一生去换得自己剩下的依赖与寄托。宝钗是不是爱着宝玉,从她恬淡冷然的外表之中,是可以找到些细处的,可宝玉不爱宝钗却是板上钉钉的事实。

"困兽主妇"赵姨娘

她只是一个女人。

她只是一个想要"母以子贵"的古代女子。

她只是一个因为在荣府里争夺权利、尔虞我诈之中迷失本性的困兽主妇。

她是赵姨娘,一个可怜又可憎的悲惨妾室。

从来人人都恨赵姨娘,贾母无视她,王夫人鄙视她,就连自己亲生的女儿都不认她。她在《红楼梦》的众多女人中,被刻画成了一个难得一见的丑角,在下人眼里没有主子样,在主子里想摆主子款又明显矮人一截。在《红楼梦》中,赵姨娘可谓活得无比失败。可是,这个做人失态、做事失体的女人,也许一开始并不是如此。那么,我们暂且放下对她的诸多看法,慢慢分析她身为女人的心路历程吧。

赵姨娘是家生女儿出生,什么是家生女儿呢?就是小厮与放出去的丫鬟结合所生下的女儿。同为家生女儿的鸳鸯,因为幸运,自幼跟在贾母身边,差不多按主子的待遇来教养,鸳鸯与赵姨娘从在出生之后的调教之中,是有天壤之别的。

所以我们在书中见到一个骂人无遮无拦的低俗素质、欺软怕硬的姨娘形象。赵姨娘也许长得是美丽的，可是因为她的低素质、从而使其在贾府上下不受待见。加上她所嫁之夫为贾政，正房又是"响快，会待人的"、老练狡猾的王夫人，她在这样的婚姻状态下身为人妾，如果没有其适当的生存之道，岂能苟活于今日？

如凤姐般，若美貌之下暗藏阴毒，会被称为"蛇蝎美人儿"，让人又爱又恨；若宝钗，若美貌之中自露圆通，会被叫之"识体闺秀"，让人喜忧参半。那么如果单单有可人的相貌，却不能聪明地为人处世，不识大体明事理，如赵姨娘一般，就会被人更加瞧不起，称之为"山魈"、"狗粪"了。赵姨娘被贾政使唤时，应该还是一个天真烂漫的小女孩，如"宝珠"一般；可如果她想名正言顺地坐上姨娘这个位置，不仅要经得起主子的冷眼考察，赢得其赏识，又得时刻警惕竞争者的打入。她必须付出的，是性情上与品格的扭曲。等到姨娘这个她朝思暮想的封号降临的那一刻，那颗"宝珠"早已经蜕化如"鱼眼睛"一般的"死珠"了。

赵姨娘的心思不正，是她简单地认为自己生下了贾环，便可以与正室比肩，可以理直气壮地挺起腰杆为自己争得几分地位与利益。她的幻想更是因为统治阶级中偶尔也出现过男主人的正室死后，极个别有儿子的妾室可以扶正成为正室。然而这是极为罕见的，而且又带有极大的侥幸性。于是她转过来把翻身的希望寄托在了她的儿子身上。可惜她想错了，纵然贾环没有如探春般自幼在贾母身边，吃的是奶娘的奶，穿的是官中的份例，也无法抵消贾环在宝玉之后身为第二继承人的不利地位。这种不利，不仅来自于最高统治者贾母的不喜欢，更来自于王夫

第二章 / 情归何处

人刻意地将贾环这个贾府中的三爷,长期名正言顺地隔绝在贾府权利的中心之外,让他成了一个多余的角色。

可惜赵姨娘就算知道这样,也要搏上一搏,当她指使马道婆为她做法事,让凤姐与宝玉二人中魔之后,我们见到了赵姨娘这样的一段话:宝玉中魔法已经气息奄奄,贾政都已经完全失望,当时贾府上下乱作一团的时候,贾母等哭得寻死觅活,赵姨娘当时怎么说?赵姨娘迫不及待地对贾母说:"老太太也不必过于悲痛,哥儿已是不中用了,不如把哥儿的衣裳穿好,让他早些回去,也免他受苦。只管舍不得他,这口气不断,他在那世里也受罪不安生。"在大家万分悲痛的场合下,赵姨娘居然说这个话,表现得过于明显了,所以被贾母一顿大骂:

"烂了舌根的混帐老婆,谁叫你来多嘴多舌的!你怎么知道他在那世里受罪不安生?怎么见得不中用了?你愿他死了,有什么好处?你别做梦!他死了,我只和你们要命。"

赵姨娘深知她的明争暗斗是不合礼数的,但是她又何尝不知道合理的东西她是得不到、也等不来的呢?所以就算她对于封建婚姻制度反抗的出发点是自私的,就算她的抗争方式是无事生非、胡搅蛮缠和暗中算计人的,那又能真正撼动得了什么呢?既然无法撼动,那么又何必对赵姨娘的逾节失礼行为大加否定呢?她的不平,她的抗争,是因为她不知道自己已经被其他更尊贵的主子所抛弃,从而依旧迷恋改变那半个主子的虚假声名;她的恼怒,她的欺软怕硬,更是贾府中众多人物身上所共同拥有的劣根禀性。

当一个女儿被自幼带走不能亲自抚养,就是活活的失女之痛;当一个儿子不

能让她产生身为母亲的喜悦与尊重,就是生生的无利之悲。她在别的奴才面前要主子威风而丢尽了脸,她在子女面前摆出母亲的尊严而出尽了丑。她错就错在没有自知之明,对于自己的可悲处境没有一个足够清醒的认识。于是在这样错误的认识之上,她所做的无疑就是那些愚蠢而失误的方法与策略。

虽然这种子女之间的嫡庶之争,妻妾之间的偏正之争,是古代婚姻制度中特有的,在当今社会的一夫一妻制的法律保护之下,已经几乎找不到存在的理由了,可是我们却依旧能从这种婚姻制度中找出值得借鉴的意义,那就是如何争得女人应有的尊严。对于不同的女人来说,或许一个可以托付终身的男人的标准是不同的,或者要求他聪明能干会赚钱,或者要求他忠厚老实不花心,或者要求他知情识趣不乏味。但不管如何,真正可以倚重的男人,最基本的条件,是对女人尊重并能懂得主动维护女人的尊严。女人是和男人一样平等的有尊严的人。不能认识到这点的男人,就算再怎么功成名就,作为女人,都不可以把感情和信赖投放到他身上。

我们女人,只要挺立高贵的尊严,就能赢得别人的尊重和帮助,就会踏平坎坷,迎来生机和希望。

"认命主妇"李纨

徽州作为程朱理学的大本营,代表着贞妇的贞节牌坊为数不少,仅徽州绩溪县明清两代的贞节牌坊就立有34座。"节劲三冬"、"一庭冰雪"、"脉承一

第二章／情归何处

线"、"扶孤守节"……这一个个看似简单实则冰凉的字眼,像一块块沉重的巨石,垒起了座座屹立在秋风秋雨中的血色牌坊。而之所以在此章之前引徽州贞节牌坊一事,正是要引出这个贞守节操,如一口波澜不惊的老井般沉静的女子,而此时的她,才不过二十多岁。

在第四回,作者对李纨的基本情况做了一个大致的介绍:

"这李氏亦系金陵名宦之女,父名李守中,曾为国子监祭酒,族中男女无有不诵诗读书者。至李守中承继以来,便说'女子无才便有德',故生了李氏时,便不十分令其读书,只不过将些《女四书》、《列女传》、《贤媛集》等三四种书,使他认得几个字,记得前朝这几个贤女便罢了,却只以纺绩井臼为要,因取名为李纨,字宫裁。因此,这李纨虽然青春丧偶,且居处于膏粱锦绣之中,竟如槁木死灰一般,一概无见无闻,惟知侍亲养子,外则陪侍小姑等针黹诵读而已。"

字数不过二百余字,就足以说明李纨的家教对于李纨现状的深刻影响。在汉、唐时,妇女所受的压迫与剥削远较后世轻很多,唐代妇女能成群结伙地骑马外出郊游,能穿袒胸装,男女交往较为自由,有些女子追求爱情也比较大胆,女子离婚也不受歧视。但是,自宋代中期推行程朱理学以后,妇女就越来越受压迫,被封建礼教压得不能翻身,从而成为男子发泄性欲的工具、生儿育女的工具和家务劳动的工具了。

程朱理学也称程朱道学,是宋明理学的主要派别之一,也是理学各派中对后世影响最大的学派之一。存天理、灭人欲,天理构成人的本质,在人间体现为伦

理道德"三纲五常"。"人欲"是超出维持人之生命的欲求和违背礼仪规范的行为，与天理相对立。程朱理学将人们追求美好生活的要求视为人欲，这在现在的我们看来，是极不公平与极不合理的。可是在明清二朝，这种思想却深深影响并束缚着当时的中国女子。

可是纵然如此，李纨依然会如宝钗般露出二十多岁女子本身的精神与活力。李纨为人和善，亦爱说笑。第二十五回，王熙凤打趣林黛玉"你既吃了我们家的茶，怎么还不给我们家做媳妇"时，众人听了一齐都笑起来；李纨就笑着向宝钗说道："真真我们二婶子的诙谐是好的。"在第二十七回，红玉向凤姐回报时说了一大堆繁琐转弯子的话，话未说完，李纨便道："嗳哟哟！这话我就不懂了。什么'奶奶''爷爷'的一大堆。"凤姐称赞红玉话说得齐全简便，又批评那些咬文嚼字、拿着腔儿、说话哼哼唧唧的人，说："难道必定装蚊子哼哼就是美人了？"李纨笑道："都像你泼皮破落户才好。"

就这样，李纨在这样简单无欲，认命而无为的人生理念中过着守寡教子的生活。在作品中我们几乎看不到李纨特别喜欢谁，又特别讨厌谁。似乎她努力做到的就是维护好自己与孩子所组成的那个小家，跟别人也没有太多的感情牵绊。一时兴起，带头起社；兴尽之时，便消声沉寂。她不偏爱任何一个人，似乎对于自己的孩子也没有显示出太多的母性之爱。偶尔在凤姐生病期间代个班，她也没有探春那样的激情，她只要管好自己那一亩三分地就成。

李纨的性情中这种性格多多少少是不自然的，准确地说她是比宝钗更成功的人工雕琢的"艺术品"。这件艺术品被别人、也被她自己小心地维护着。她把守

第二章 / 情归何处

节当成自己人生的最终目标,并努力抹杀着自己原本多情而爱生活的情感生命。曹雪芹在作品之中塑造这样的一种女子不是没有其本身的态度:当大观园刚竣工时贾政带着他的一些清客及贾宝玉进去观看时,发现一处景致:

"隐隐露出一带黄泥筑就矮墙,墙头皆用稻茎掩护。有几百株杏花,如喷火蒸霞一般。里面数楹茅屋。外面却是桑、榆、槿、柘,各色树木新条,随其曲折,编就两溜青篱。篱外山坡之下,有一土井,旁有桔槔、辘轳之属。下面分畦列亩,佳蔬菜花,漫然无际。"

看似好一处清幽淡雅的世外桃源,而宝玉却认为:"不及'有凤来仪'多矣。"又说道:"却又来!此处置一田庄,分明见得人力穿凿扭捏而成。远无邻村,近不负郭,背山山无脉,临水水无源,高无隐寺之塔,下无通市之桥,峭然孤出,似非大观。争似先处有自然之理,得自然之气,虽种竹引泉,亦不伤于穿凿。古人云'天然图画'四字,正畏非其地而强为地,非其山而强为山,虽百般精巧而终不相宜。"此处便是李纨日后所居住的稻香村,作者话中有话,那言外之意显然是在对封建节烈思想的委婉批判。

曹雪芹通过诗社写出李纨的才和情,让我们看到她平日的无好无为,是不得不为,是在礼教压迫下的牺牲。稻香村黄泥院墙中,"有几百株杏花,如喷火蒸霞一般",真叫"满园春色关不住"。李纨就是这关不住的红杏。在芦雪庵赏雪联句时,李纨有一个出乎人们意料的举动,她罚贾宝玉去妙玉那儿乞红梅。贾宝玉与妙玉,有着说不清的情谊,大观园内,人人心中有数。李纨分明在用这种惩罚,调侃贾宝玉。这里,流露出李纨对男女友情的一种同情、一种关切、一种鼓

励,甚至也流露出一种羡慕、一种渴望、一种嫉妒。这是难得的窥视李纨内心性意识的冰山一角。李纨并不是与世无争,心如死灰。曹雪芹越是写出李纨性格的平静,就越衬出她心中的愁苦是多么深重。这样偶尔暴露出来的小小心境,却被巨大而沉重的封建礼教所死死地压抑着。于是,渐渐地,李纨也成了一个绝望的主妇,一个认命的封建礼教牺牲品。

阴谋论者认为李纨是大观园中最阴险的角色。无非是企图从她的重财吝啬之中找到她心中最黑暗的一方面。纵然李纨的日子过得精明,她不占别人的便宜,也不肯吃亏。无非是想与其他人保持距离,少发生太多的联系。作为失夫的女人,在夫家这样的环境之中,守着年幼的儿子生存,自然有着她的苦衷。在现在社会很多女人也许都不会轻易地将婆婆家当成自己的娘家,呆着轻松自然,那么我们又怎能体会不到李纨在贾府所呆的不适感觉?可以这样讲,李纨并没有把自己当成贾府中的一员,她也许更愿意把自己当成贾府之外的人。只是因为自己的儿子姓贾,所以才在贾府这样耗尽自己的生命,其他的事,和我又有何干?管太多,无人撑腰,又有凤姐明争暗夺着贾府的权利;完全不管,又辱没了荣府大少奶奶的名声,不如带着这帮小姑子、小叔子玩,一来也算尽了大嫂子的职责;另一方面也可名正言顺将权利直接交给虎视耽耽的凤姐,自己倒落个清静。

李纨拼命攒钱,抚育幼子,与世界保持着若近若远的距离,因为她非常清楚地知道属于自己的结局一定会在某一天降临在她的头上。她不会再回头看从前的光阴。他们母子没有被那些人爱过,自然也不会去爱那些人。偌大个贾府,终也有人亡家散的一日,繁华落尽,满目萧索,大厦已倾,断壁残垣。好可笑:本来

第二章 / 情归何处

不受待见的一双母子,竟然成了贾家复兴的最后希望,更成了表面上风光热闹,实则人心涣散的贾府内部最好的典型力证。

"为官的家业凋零,富贵的金银散尽。有恩的死里逃生,无情的分明报应……好一似,食尽鸟投林,落了片白茫茫大地真干净。"

倾城憾事

摩登老太极乐人——贾母、刘姥姥

品味是一个人去观察事物时的态度,同样的东西,不同的人眼光下会出现着不同的版本,物品本身的价值与品位的高低是没有关系的。

——杨澜

《红楼梦》一书中写了两个快乐的老太太——贾母与刘姥姥。虽然此书主人公多为十几岁、二十多岁的青年男女,中老年人在此书中所占的比重少之又少。但必须这样讲,这仅存的两位性情各异,命运不同的老妇人,为《红楼梦》一书所增添的色彩是无法掩盖的。

贾母是贾府第二代袭封荣国公贾代善夫人,更是金陵世勋史侯家的小姐。她生下了三个孩子,贾赦、贾政与贾敏,在岁月的沧桑磨炼之中,她渐成了贾府辈分最高,最有权势的当家之人。作为一府之主,贾母的性格之中有一股子浓浓的贵族之气,举手投足之间都带着那种大家小姐所应具备的得体与大气。她总是开心、快乐、带着慈祥的笑容,给读者留下的印象也是十分平易、和善并亲切的。

第二章 / 情归何处

虽然年事已高，可贾母永远保持着如儿童一般的心态，总能让人们感觉到一种极爱寻快乐的精神头。

也恰恰是这样一种要让自己时时、事事都高兴的最高人生意义，直接促使了凤姐过于讨好她的奉承之习。贾母喜欢凤姐，其实不仅仅因为凤姐善于讨好，更因为凤姐擅长逗乐，可给她解闷。贾母年轻时就是贾府的掌权人，她固然知道那些家事是多么的让人烦恼，所以在年长之后，将这些家事交给他人，每日里只是吃些爱吃的，听些爱听的，看些爱看的。贾母的心态是年轻的，她不喜欢传统保守的王夫人，也不喜欢势力软弱的邢夫人，她考虑的一切，都是由着自己的喜好而来。这样放任性情的老太太，现在的老年人也未必能如她那样活得洒脱自在。这倒也不全是因为她衣食无忧，更多的是她到了应该放权的时候就洒脱地放下权力，让年轻人去操心那些琐事，自己就当个快乐的老太太就足够了。

贾母的性情之中，有着与时俱进的时髦气息，这种气息不仅仅来源于她那见多识广的家教经历，更来自于她敢于打破陈俗旧规的开阔视野。而这一点，我们可以从第五十四回"史太君破陈腐旧套"中见得。当她看够了那些才子佳人的戏之后，便有了一番极其有趣的批判之词：

"这些书都是一个套子，左不过是些佳人才子，最没趣儿。把人家女儿说的那样坏，还说是佳人，编的连影儿也没有了。开口都是书香门第，父亲不是尚书，就是宰相。生一个小姐，必是爱如珍宝。这小姐必是通文知礼，无所不晓，竟是个绝代佳人。只一见了一个清俊的男人，不管是亲是友，便想起终身大事来，父

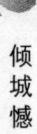
倾
城
憾
事

母也忘了,书礼也忘了,鬼不成鬼,贼不成贼,哪一点儿是佳人?便是满腹文章,做出这些事来,也算不得是佳人了。比如男人满腹文章去作贼,难道那王法就说他是才子,就不入贼情一案了不成?可知那编书的是自己塞了自己的嘴。再者,既说是世宦书香大家的小姐都知礼读书,连夫人都知书识礼,便是告老还家,自然这样大家人口不少,奶母、丫环,伏侍小姐的人也不少。怎么这些书上,凡有这样的事,就只小姐和紧跟的一个丫环?你们白想想,那些人都是管什么的,可是前言不答后语?"

好一段精彩的文评!结构严谨,逻辑清楚,又不失幽默,条条有理,句句属实,如果王实甫、汤显祖从旁听着,必要羞得躲起来。可是我们又要想一想,为什么这样一个身居庭院深处的老太太会有这般准确的评论呢?估计贾母也曾被戏中所言的故事感动过,如宝玉黛玉一般,必是见《游园》而伤春、见《离魂》而悲秋的。爱看戏之人,必是会将此类戏看过不下数遍,方能进行归纳总结;其二,贾母嫁为人妇,生儿育女,必然会经历一番人生历练,对于才子佳人之故事,肯定进行过深刻的对比与反思,方觉编书者多为"编出来污秽人家"的;再者,这贾母虽说是"偶然闷了,说几句听听",可若真不用心欣赏,又怎么如众人所说"老太太什么没听过?便没听过,猜也猜着了"的话呢?所以我们从中可以看到这样一个贾母,虽然表面上是顺着封建大家子的礼教说这些书为"诌掉了下巴的话",可从她的一席话中,我们也不难想象,这老太太的心中,必然也曾在年轻之时有过浪漫多情的经历,而非如王夫人一般,只知恪守礼数,不懂风月春秋。

贾母的品位也很高雅,很有生活情趣。贾母会吃,单从她吃螃蟹时的排场与讲究就可以看出来:本来螃蟹性冷,老年人不宜多吃,所以贾母只少量尝一些,而且还要"把酒烫的滚热的拿来",热酒可以抵消螃蟹的冷,让老年人胃口好受一些。要是平民百姓,一年吃上几回螃蟹都是件难得的美事,但凡吃上了,哪还顾得了这许多讲究啊?贾母吃完螃蟹,还要用"菊花叶儿、桂花蕊熏的绿豆面子,预备洗手",大概只有这样才能消除掉留在手上的蟹味。贾母懂茶道,她喝像老君眉这样的养生茶,还需要取用梅花雪水去浸泡。贾母爱听琴,她点戏,一出《寻梦》、一出《下书》,吩咐只用琴至管箫合。这一举动让同是贵夫人的薛姨妈甚为惊奇,说:"实在戏也看过几百班,从没见过只用箫管的。"贾母却认为没什么稀奇,只是在个人讲究罢了。可见贾母对艺术的赏鉴,是很清雅脱俗的。贾母也讲究赏月之道,说"如此好月,不可不闻笛",这在我们现在的人来看,简直比小资还要小资;贾母对于音乐的审美趣味更是清雅不俗,说是"铺排在藕香榭的水亭子上,借着水音更好听";贾母懂书画审美,她指导惜春画大观园;她更懂家居审美,教宝钗居室布置,并告诉凤姐蝉翼纱和软烟罗的区别,又在潇湘馆发表了窗纱配色的理论,这些都充分显示了她在家庭装修方面的艺术天分。这个年事已高的老太太,却时时处处体现着大家女人的独特魅力,真让我们这些当今女子羡慕不已啊。

而作为贾府领导者的贾母,她治家的功夫也不能小视,这个看上去极平和

温柔的老太太，在年轻的时候，应该也是一个行事极妥帖的好媳妇。贾母曾无比得意地说她自己"当日像凤哥儿这么大年纪，比她还来得呢"。要知道，贾母在贾家是从重孙媳妇做起的，她的行事能力到她也有了重孙媳妇的时候，估计已经"修炼"到炉火纯青的地步了，否则如何稳坐贾家最高统治者的位置。遥想贾母一生，必定历经风浪，在鼎盛期的贾府管理层，在数十年媳妇熬成婆的过程里，在大家族的勾心斗角中，她积累了比凤姐更多姿多彩的人生经历，见识过更宏大壮阔的世面，具备了更丰富有效的理家之才和治家之威。贾母的家长位置，是一点点用青春和时间置换出来的。六十年里她经历了太多，这些阅历让她洞悉人生。所以她有一种睁一只眼闭一只眼的通达。

贾母对于贾府的兴衰，是极为重视的。纵然她是个极有福之人，却还是想为自己的家族祈祷着更多的福分。我们在第二十九回中，看到那"乌压压的占了一街的车。""贾母等已经坐轿去了多远，这门前尚未坐完。"忽忽悠悠的一大家子人，就仅仅是去道观中祷福。贾母虽然是个时髦的改良主义女性，却依旧是一个相信命运的旧式女人。她的"祷福"，一是为了挽救家族看似鼎盛实则走向衰败的命运，再有的，就是为了自己的儿孙"祷福"，流放的能归，考举人的能金榜题名，光宗耀祖；三是希望自己长寿，永享欢乐。可是事实上贾母又何尝不知道运终数尽的大道理呢？

从另一个方面来看贾母，那么就需要引出另一个老太太做对比了。这个老太太就是刘姥姥。

第二章/情归何处

不知道曹雪芹是否刻意突出,这个从乡下来的,与荣府略有瓜葛的乡村老妪,却成了《红楼梦》中最具喜感与最具关键性的人物。按照曹雪芹"草蛇灰线"的写作风格。在第六回中,便作为重要人物突现出来的刘姥姥,在八十回之后,必然会对贾府的最终命运起着极其重要的作用。

这刘姥姥一出场,说出的话就体现了她并非一个简单的粗野村妇,只要我们看她对着女婿说那一段话就足以体现出来这一点:

"姑爷,你别嗔着我多嘴。咱们村庄人,哪一个不是老老诚诚的?守多大碗儿,吃多大的饭。你皆因年小时,托着你那老的福,吃喝惯了,如今所以把持不住。有了钱,就顾头不顾尾;没了钱,就瞎生气。成个什么男子汉大丈夫了?如今咱们虽离城住着,终是天子脚下。这长安城中,遍地都是钱,只可惜没人会拿去罢了。在家跳蹋也不中用的。"

仔细想想这几句话,一方面是说给她女婿听的,另一方面,却是结结实实给了贾府的众男儿一个响亮的大巴掌。那贾府的生存之道,又何尝是"把持不住"、"有了钱就顾头不顾尾"的呢?她能说出这话,岂不是暗指那贾府饱读诗书与自诩精明的能干人士,连一个乡村的老太太都不如了吗?所以,我们从刘姥姥一出场开始,便看到了一个虽然没怎么见过多少世面,心中却无比务实的老太太形象。

因为她的经于世故,所以她知道单单指望着家中的那几亩薄田,也无法周转一年来的贫困生活状态。与此同时,她很清楚地知道自己女婿家是与大家族王家

是有一些联系的。所以她试探性地接触着贾府,却很聪明地知道自己的做法也许会招人不待见,所以她知足并且懂得见好就收。拉到一点点赞助,就记得贾府的"大恩"。

刘姥姥初进贾府时是极其忐忑不安的,因为她不知道这一次去能不能得到些实在的好处。那个"遍地都是钱"的贾府,会不会无视她那一点点看似有些厚脸皮的要求。可她还是鼓起了勇气,带着板儿进了城。她见到那些看门的仆人时,称他们为太爷。不过是一个看大门的仆人,刘姥姥都要尊称其为"太爷",从深处也反映出她那种胆战心惊的自卑心理,她小心谨慎地接触着与贾府有关的每一个人,生怕自己的粗鄙短见而得罪了谁。可以这样讲,古代封建社会严格的等级观念,深深地渗透到每个人的心里,更何况是一个饱经沧桑的老妇人呢?所以她见到周瑞家的,也是在陪着笑脸,说着好话;见到平儿,见她"遍身绫罗,插金戴银,花容玉貌的",就以为是凤姐。因为贫穷,更因为是受着层层压迫下艰难度日的庄稼人,刘姥姥意识中那严谨的阶级辈分,已经深深刻在她的心里。所以初进大观园,刘姥姥所体现出的胆小甚至更多的是一种刻意的讨好,这种讨好我们并不能简单地看出她的"趋炎附势"般的谄媚,而更多的,是当时状态之下的无奈与无法自知的奴性。而这种奴性并不是她一人独具的,而是中国古代传统文化不断强加给劳动人民头上的沉重包袱。它让人自愿认同被压制的状态,并且对压迫者的稍加赏赐感恩戴德,自认为是修来的福气。可这样的福气与贾母的福气相比,是那样的可悲,那样的心酸,让人不禁叹息一回。

第二章 / 情归何处

刘姥姥是知恩图报的,虽然那二十两银子加一串钱在贾府人眼里实在算不得什么,可这个善良而热心的老婆婆却还是第二次来到贾府:

"家里都问好。早要来请姑奶奶的安,看姑娘来的,因为庄家忙,好容易今年多打了两石粮食,瓜果蔬菜也丰盛。这是头一起摘下来的,并没敢卖呢,留的尖儿孝敬姑奶奶、姑娘们尝尝。姑娘们天天山珍海味的也吃腻了,这个吃个野意儿,也算是我们的穷心。"

她这一来,无意中却成了《红楼梦》一书中最难见到的一出喜剧。把大观园中上至贾母下至丫头们逗个乐儿,更让我们这些书外的读者们在感伤之余,多了几分轻松的笑意。这一切倒源自于贾母想找个上岁数的老太太说说话,一起玩玩。所以就留她和板儿在大观园中住了几天,留她在这儿玩。

看她与贾母各方面的对比:问岁数,比贾母大好几岁,身体却比贾母健朗好多,在大观园的青苔石上不小心摔了一跤,还自个儿站起来,什么事儿都没有。贾母眼已花,耳也聋,记性也不太好了;可刘姥姥自己都还好,只不过是左边的槽牙活动了。刘姥姥自个扛着好多沉东西走了很远的路进城,晚上还要赶路回去;可贾母呢?别说不会扛那样的沉东西,就是扛也未必能够扛得动。身体健康是福气,年轻人可能一时半会儿体会不出来,当上了岁数之后,我们大概就能够体会得到,即使山珍海味吃着,锦绸绣缎穿着,也未必能有这个受尽艰辛的老太太活着自在。这种自在,因身体的健康,因内心的乐观,反而如一股活水,注入进了贾府那潭碧绿得不见底的深泽之中。

刘姥姥是极有"眼力价儿"的,那些深深宅院之中从来没有人会讲的村庄里的故事,大家都很爱听,她见贾母高兴,又见"这些哥儿、姐儿们都爱听,便没了话也编出话来讲"。更难得的是,她时时处处所体现出的,是那庄上人最纯朴、最单纯的品质,而这些品质的体现,在行酒时充分体现出来:

"刘姥姥道:'我们庄家人闲了,也常会几个人弄这个,但不如说的这么好听。少不得我也试试。'众人都笑道:'容易说的。你只管说,不相干。'鸳鸯笑道:'左边"四四"是个人。'刘姥姥听了,想了半日,说道:'是个庄家人罢。'……刘姥姥也笑道:'我们庄家人,不过是现成的本色,众位别笑。'

"鸳鸯道:'中间"三四"绿配红。'刘姥姥道:'大火烧了毛毛虫。'众人笑道:'这是有的,还说你的本色。'鸳鸯道:'右边"幺四"真好看。'刘姥姥说:'一个萝卜一头蒜。'众人又笑了。鸳鸯笑道:'凑成便是"一枝花"。'刘姥姥两只手比着,说道:'花儿落了结个大倭瓜。'"

刘姥姥纵然没有读过书,说得也是三句离不开庄稼里的那点事,可我们听了,却比那些掛词酌句想出来的文人诗句更多了几分平实与纯真,因为这种纯真,是两眼只见青山绿水,一心只向青天白日的庄稼人最贴近生活的真实写照。纵然为赋新词,纵然引经据典,也不及此处带有一丝灵气。如果说大观园的人们过的是神仙一般的生活,那么刘姥姥所具备的,则是平头百姓最健康、最积极的乐观日子。

总而言之,这两个老太太都可以称之为极乐之人了。一个是在富足生活中自寻快乐的泰然享受；另一个则是在贫苦命运中追求乐观的坦然面对。这两个极乐人，为《红楼梦》一书所带来的快乐气息是难得而可贵的。而对于过重生活压力或正在福中享乐的人们来讲，这两个老太太的人生观是不是值得去效仿的呢？

"清闲无事，坐卧随心，虽粗衣淡食，自有一段真趣；纷扰不宁，忧患缠身，虽锦衣厚味，只觉万状愁苦。"

第三章

《红楼梦》爱情五论

倾城憾事

一、外表与内在

在开始本话题之前,让我们先轻松一下,来听一则小故事。这则故事出自于南朝时期刘义庆的《世说新语》。说的是三国时魏尚书令荀彧之子荀粲和他的爱妻非常恩爱。一年冬天,他的妻子发了高烧,荀粲急得不知道怎么办才好。于是从屋子里赤裸着上身走到屋外,把自己的身体弄得冰凉,然后回到屋内,紧紧抱住自己的爱妻,试图以这样的方式使妻子的体温降下来。可就算是他这样做,也依旧未能挽回妻子的生命。他的妻子离世不久,荀粲也跟着她命丧黄泉。

初读这则故事,读者或许觉得荀粲这个人还真是用情之深,爱他的妻子到了如此地步。可是也正是这个荀粲说了一句让世人回味不已的"人生名言":

"妇人德不足称,当以色为主。"

这是一个令所有男人都无法否认的真相,是扒开层层道德外衣之后所发出的肺腑之言。其实女人又何尝不是这样?同样在《世说新语》中,那众女子看杀的,难道不是相貌出众、风采夺人的卫玠吗?自古美丽的东西最爱招人喜欢,何必将对于外表的喜爱掩饰在内心那不可见光的地方,非说自己看上的是所谓的"美丽的内在"呢?

我们都能够发现,在《红楼梦》中,但凡被贾宝玉看上并喜欢的女孩子,全部都是容貌出众的。也就是说,宝玉的多情,也只不过限于美女的范畴之中。如果林黛玉不如病西施,如果薛宝钗不似杨玉环,宝玉还会喜欢吗?除去宝玉对于女儿家本身单纯的同情与维护,宝玉心仪的女子,有几个不是美女呢?

每个人都有对美的追求与向往,而对于美丽的定义,每个人却各有不同。经常有一些女孩子问男人,是喜欢外表还是喜欢内在?其实这个问题女孩子永远都听不到男人最诚实的回答。就算很多男人宣称自己不喜欢美丽的女人,也不过是一条用来证明自己是出色男人的炫耀的资本而已。证明自己优秀有很多种方式,而这种说自己只看重内在而不看重外表,却是男人最虚伪的一句假话。

2009年网易做了一项非常有意思的调查:中国网民"美丽女人标准"。这次调查共收到网友投票375,926枚。其中来自女性网友投票296,114枚,来自男性网友投票79,812枚。那么什么样的女人最美?女网友的观点是:优雅、聪明、知性。男网友回答:温柔、贤惠、漂亮。

果然,漂亮是男人眼中美丽女人的基本要素。就算拥有再美好的内在,外表依旧是男人选择配偶最重要的条件之一。纵然他们知道维护这样的美丽是需要付出相等甚至失衡的代价,也义无反顾地寻找着自己的"倾城"或"兼美"。荀粲

所说的话,即使在这个社会也依旧有事实依据。

所以,女人与其反省自己在与异性之中存在着哪些不足,还不如先从反思外表中的不足做起。美丽的女人也许不仅仅只是容貌漂亮,可是不重视容貌的修饰却也是通往感情失败中最失策的一步。至于容貌应该如何修饰,自然不是本文所述的重点。清汤挂面与浓妆艳抹,各人有各人的喜好,没有统一的标准可言。容貌一般的女子也不必因为遗传基因中的问题而暗自苦恼,因为"灰姑娘"也未必不是绝色的大美人呢!

二、爱情与生活

爱情是人生中不可缺少的组成部分。在很多人眼中,爱情如蜡烛,给人以生的希望;爱情又如鲜花,美丽动人;爱情又像彩虹,缤纷绚丽。童话故事之中的爱情永远左右着女孩子敏感而多情的思想。这大概也正是为什么韩剧中的爱情故事会如此受追捧的原因吧。

谁是谁的灰姑娘,谁又是谁的白马王子?编剧们所设置好的美丽传说,如同放在橱窗中散发着夺目光芒的美丽嫁衣。那灯光聚焦着的,那鲜花簇拥着的,是向往爱情的女人们一次次在橱窗前驻足欣赏,品评畅想的奇妙仙境。

《红楼梦》中的大观园也算是仙境了吧?那黛玉因爱而生,为爱而活,还尽眼泪而终。爱情似乎是黛玉唯一存在的目的。可是黛玉毕竟是富家千金,她不用工作,不用为生活奔波愁苦,故而她有的是时间和精力去揣摩爱情的真谛。可是,故事总有结尾,曲子也总有终止的音符。当《红楼梦》残卷成了我们手中玩味的那个传奇,当冰凉的残茶滋润着依旧深陷其中而不愿自拔的灵魂,我们在半梦半醒之间似乎也能够意识到:错了,爱情固然重要,可这不是生活的全部意义所在。

当红楼梦醒，我们在面对着钢筋水泥与车水马龙时，我们所期待的爱情，仍然如同巨大的黑洞般吞噬着我们的青春。在爱情中快乐，在爱情中痛苦，在爱情中幸福，在爱情中绝望……爱是一种享受，即使痛苦也会觉得幸福；爱是一种体会，即使心碎也会觉得甜蜜；爱是一种经历，即使破碎也会觉得美丽；不要因为寂寞而错爱，不要因为错爱而寂寞一生。

可能每一个女人都有一种很强烈的归属感。这种归属感似梦似真地萦绕在我们心头，让我们往往手足无措。纵然是事业有成，纵然是衣食无忧，却丝毫不能减轻这种归属感给我们带来的不安与失落。所以我们利用了爱情，我们用爱情去寻找一种生存的意义与价值。我们往往会把爱情先入为主地赋予其太多的定义与功能，却忘却了我们本身存在的最终目的。

爱情固然重要，却也需要牛奶与面包；爱情固然重要，却也需要付出与担当。用心、用力去爱一个人当然不是错，错的是我们把爱一个人当成了自己生命中唯一的责任去对待。人生有太多的事情，爱情不是生活的全部，它不过是生活的一部分，或是稍微占的分量多了点。试着让自己的生活丰富起来，让脑海中的他稍稍地腾出些许地方，用来装你自己的独特人生，这里面有的，是你自己独立的生活感悟。只是在这里，与他无关！

爱他，首先要学会爱自己的生活。

三、专一与多情

我们在歌颂宝、黛之恋的同时,其实心里是多少有些不甘的。这种不甘心不仅来自于黛玉的早夭及贾府内外的恶劣环境而未能使有情人终成眷属的遗憾结局,也来自于宝玉本身的多情。

关于"爱情自私论",应该是普遍被人接受的一个观点。黛玉既然把自己的一切全都献给了宝玉,宝玉就应该也同样以全部的情感对黛玉专一,这才是爱情之中两者应该具备的正确模式。然而,这也只不过是我们的一厢情愿罢了。除去中国古代一夫多妻制的影响,就算是在现实的社会中如此多情的男人也不在少数。所以我们又开始习惯性地幻想,自己会是他最后一个女人。也许曹公把宝玉对黛玉的爱描写得太过柏拉图,让我们产生了一种误解,如果两人真的能够走到一起,那么黛玉将是宝玉生命中的最后一个女人。只可惜《红楼梦》只是一部残卷,曹公也丝毫没有打算把宝、黛二人的结局写成皆大欢喜。那么,假如我们可以让这两个人最终走到一起,宝玉就真的能对黛玉专一到老?不再对其他女子动情吗?

可惜，单纯就文学作品来讲，很多事例告诉我们，被人歌颂的爱情，到了后面往往会让人觉得无比失望。从《诗经·氓》到《怨郎诗》，从《长干行》到《莺莺传》，这些文学作品告诉我们一个残酷的现实：纵然是青梅竹马，纵然是心心相印，也会存在着被背叛被抛弃的可能。更何况在当今的社会中，被最基本的法律所约束的一纸婚书，它所能够带来的忠诚与专一，又有多大力度呢？卓文君为爱抛弃富贵的生活，可也难以抵挡司马相如的负心与休妻之念；张爱玲和胡兰成就算爱得再轰轰烈烈，到头来也无法阻挡他对其他女性的大献殷勤。

徐克在2008年拍过的一部电影《女人不坏》中，提到了一个神奇的物质，叫"费洛蒙"，剧中的主人公就是依靠它寻找能够被自己吸引的另一半，并控制着她所深爱的人对她的专一与厮守。我们或许会因此生出另外一种可怕的想法来，这想法时不时地偷袭我们的脑海，骚扰着我们的判断力：也许我们爱的只是被我们体内所散发出的费洛蒙所吸引的一类人，而现在深爱的他，只是这样一类人中的其中之一？伴侣的选择难道真的是一道多选题吗？符合条件的就打个勾，不符合条件的就画个叉？不对！爱情不是这种逻辑！

世间应该有忠贞不渝的爱情，有情人走到一起之后肯定会有白头到老的恩爱典范。一时的意乱情迷也好，无奈的勾引诱惑也罢，都只是通往与子偕老道路上的小障碍。在爱情的道路上，没有试探，没有风险，就不能判断出他是不是我们去放置我们的归属感的正确选择。没有经历过大风大浪的轮船，无法体会暴风雨过后大海那无限的壮美与瑰丽；没有经历过大起大落的人生，无法珍惜因彼此相知相守而共同成就的美好明天。纵然失败，也丝毫不后悔，因为毕竟已经努力珍惜过，用心体会过。自己对于爱情的专一何必去期待对方的赞许？一个不懂得专一为何物的人，又怎能轻易因为对方的专一而改变自己的多情？

"得之我幸，失之我命。"

倾
城
憾
事

四、飞蛾扑火or张弛有度

有些时候我们对于那种飞蛾扑火式的爱情方式是很不赞赏的,可是我们又不忍心去分析黛玉与宝钗之间谁更爱宝玉一些,我们宁肯去相信黛玉的"以泪还情"方式是最值得珍惜与同情的。毕竟文学作品是虚构的,现实世界中的黛玉式人物,应该毕竟还是少数吧?

《东京爱情故事》是一部经典的日剧,那里面的两个女人给我们演绎了两种完全不同的爱情模式。一种是如赤热的烈火般,一种如轻柔的碧水般,最后完治终于选择了后者。当我们对莉香怀有着几丝同情的时候,我们也在反思着:烈火容易灼伤别人,在油尽柴枯之时,剩下的恐怕也不过是几缕青烟罢了;可是碧水不同,它能舒缓并温暖着对方的内心,保持着自己变幻无形的处世姿态。"进入我的怀抱,我可以轻轻地环绕在你的身边;离开我的身旁,我依然会留下几滴痕迹在你的身上。而我自己,依然会用平静的姿态凝视着你离去的背影……"

有时那些自己身上带有一点小秘密的女性更会引来众多异性的追逐,毕竟男性属于擅长猎奇的动物。"水至清则无鱼",虽然这句成语用在这里有些不太合适,然而人与人打交道有些时候却恰是如此。我们从小都接受着坦诚与实在的教诲,可当自己真正成为厮杀于社会"战场"上的战士的时,我们往往会发现一点,有些时候过于坦诚与实在都会害了手无刚刃的自己。所以还是学学宝钗的张弛有度吧,毕竟这不是一种消极的处世姿态。

用句紫鹃的话说:"不过叫你心里留神,并没叫你去为非作歹。""为非作歹"当然是令人不齿的,可"心里留神"这四个字却是时刻提醒着陷入爱情迷团之中的女人们,这就是一剂良药。用感性维持感情,用理性去分析未来。太多的爱情忠告很容易说出口,却太难以做到。有人说在恋爱中的女人智商都会下降,只是因为我们往往会忘记了"张弛有度"地控制感性,而一味地去告诉自己,要相信"飞蛾扑火式"的爱情才是最让别人感动的爱情方式。只可惜,这种感动往往只能让我们吞下一杯苦酒而已。

李泽厚在他的美学理论中讲到"度"这个字的时候,并不赞成以理性全面压服或取代人的情欲和感性生命,而是需要懂得理性与感性在不同生活方面所具有或应有的各个不同的比例、关系、节奏和配置。简单来讲,就是需要懂得何时应该用理性分析,何时应该感情用事。

"A secret makes a woman woman!"(一个秘密能让女人变得更有女人味!)

五、"缘分"这种东西

谁是我们人生路上的Mr.Right？如果真有时光穿梭机这种东西，让我们先去未来看看我们会嫁什么人，然后再回来搜索他现在的踪迹，这样岂不是既省力又省心？如果我们能够走进《红楼梦》的书中，并且也如癞头和尚般先知的头脑，去劝告黛玉不要为了宝玉白白流下自己的眼泪，岂不是做了件功德无量的大好事？

所以我们把希望寄托在星座算命，塔罗、《周易》上，甚至什么笔仙啊，碟神的都成了我们询问未来另一半相关问题的媒介。因为我们对于未来另一半的太过期待，我们爱上了穿越，更爱上了对于前世今生的迷恋。我们在前世的回忆中寻找与今生有约的那个人，我们总会犹豫不定地面对着他：这个人，真的是我要相伴到老的另一半吗？

只可惜我们其实心里很清楚，社会经验的积累是经过时间与事件的相互作用才慢慢在自己的头脑中形成的一种对于社会的了解和适应社会的方法。路是自己一步一步走下去的，到底未来是什么样子，其实谁都无法说出个子丑寅卯来。

还是讲个麦穗的故事。

古希腊有一位大学者，名叫苏格拉底。一天，他带领几个弟子来到一块麦地边。那正是麦子成熟的季节,地里满是沉甸甸的麦穗。苏格拉底对弟子们说:"你们去麦地里摘一个最大的麦穗,只许进不许退。我在麦地的尽头等你们。"弟子们陆续走进了麦地。地里到处都是大麦穗,哪一个才是最大的呢?弟子们埋头向前走。看看这一株,摇了摇头;看看那一株,又摇了摇头。他们总以为最大的麦穗还在前面你呢。虽然弟子们也试着摘了几穗,但并不满意,便随手扔掉了。他们总以为机会还很多,完全没有必要过早地定夺。弟子们一边低着头往前走,一边用心地挑挑拣拣,经过了很长一段时间。突然,大家听到苏格拉底苍老的、如同洪钟一般的声音:"你们已经到头了。"这时两手空空的弟子们才如梦初醒。

这块麦地里肯定有一棵穗是最大的,但你们未必能碰见它;即使碰见了,也未必能做出准确的判断。人的一生仿佛也是在麦地中行走,也是在寻找那最大的一穗。有的人见了那颗粒饱满的"麦穗",就不失时机地摘下它;有的人则东张西望,一再错失良机。当然,追求最大是应该的,但把眼前的麦穗拿在手中,才是实实在在的。

我们总会给自己寻找独自等待的理由:找下去吧,总会有一个百分之百完美的恋人,手拿红玫瑰,站在命运的转折处等待着。于是,我们的眼光不自觉地变得挑剔:甲抽烟太厉害,没有风度;乙走路有些外八字,有碍观瞻;丙相貌事业皆优,只是木讷不解风情……我们忘记了人无完人这档子事,我们一旦从对方的身上发现一丁点缺点,就会把这缺点变成对方出局的理由,毕竟"欲加之罪,何患无辞"嘛!

"缘分"这两字有些因果论的意思了,毕竟月老所系在我们手腕上的红线,以我们的肉眼凡胎是看不到的,我们只会被这根看不到的丝线牵着走。就像在超市

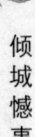

之中挑选着各种牌子的巧克力一般,寻找着完全符合自己口味的那一款,可是阿甘也曾经告诉我们:"生命就像一盒巧克力,结果往往出人意料。"

世上有很多事可以求,唯缘分难求。茫茫人海,浮华世界,多少人真正能寻觅到自己最完美的归属,又有多少人在擦肩而过中错失了最好的机缘。或者又有多少人有正确的选择却站在了错误的时间和地点。有时缘去缘留只在人的一念之间。

"缘即如风,来也是缘,去也是缘。已得是缘,未得亦是缘。"